山西神话故事集萃

山西神话传说丛书

亢西民 崔楠 ◎ 主编

亢西民 毛巧晖 / 主编

山西出版传媒集团　北岳文艺出版社

· 太原 ·

图书在版编目(CIP)数据

山西神话故事集萃 / 亢西民, 崔楠主编. — 太原：北岳文艺出版社, 2021.9
（山西神话传说丛书 / 亢西民, 毛巧晖主编）
ISBN 978-7-5378-6443-5

Ⅰ.①山… Ⅱ.①亢…②崔… Ⅲ.①神话—作品集—中国 Ⅳ.①I277.5

中国版本图书馆 CIP 数据核字（2021）第 174701 号

山西神话故事集萃
亢西民　崔楠 / 主编

//

出品人
郭文礼

选题策划
贾江涛

责任编辑
贾江涛

书籍设计
张永文

印装监制
郭勇

出版发行：山西出版传媒集团·北岳文艺出版社
地址：山西省太原市并州南路 57 号　邮编：030012
电话：0351-5628697
传真：0351-5628680
经销商：新华书店
印刷装订：山西人民印刷有限责任公司

开本：890mm×1240mm　1/32
字数：88 千字
印张：3.75
版次：2021 年 9 月第 1 版
印次：2021 年 9 月山西第 1 次印刷
书号：ISBN 978-7-5378-6443-5
定价：35.00 元

本书版权为本社独家所有，未经本社同意不得转载、摘编或复制

《山西神话传说丛书》
编委会

主　　任　卫建国
副 主 任　亢西民　毛巧晖
成　　员　（以姓氏笔画为序）
　　　　　万俊人　卫建国　毛巧晖　亢西民
　　　　　白　宁　刘小明　刘同彪　李小刚
　　　　　张　歆　陈勤建　范婷婷　秦作栋
　　　　　高忠严　黄金龙　崔　楠　续小强

丛书主编　亢西民　毛巧晖
丛书副主编　高忠严　刘同彪　李小刚

总序

山西地处华北黄土高原,东有太行,西有吕梁,南临黄河,北凭古长城,物阜民丰,人杰地灵,自古就有"表里山河"之谓。山西有文字记载的历史长达三千年之久,素有"中国古代文化博物馆"之称。位于晋陕豫黄河大拐弯腹地的晋南地区,更是土地肥沃,宜稼宜穑。据考古发掘证明,早在旧石器时代,就有先民在此繁衍生息。当前,在我国发现的两百多处旧石器时代早期遗址中,有五分之四是在山西。其中最早、最具代表性的是山西芮城西侯度遗址中发掘出的火烧骨化石,证实了早在一百八十万年前,在此繁衍生息的中华民族先祖已经燃起了人类文明的第一把圣火。在运城夏县西阴文化遗址中发现的蚕茧化石,证明早在六千年前的晋南一带人们已经开始养蚕缫丝;在临汾襄汾县陶寺村西南发掘出的四千多年前的古城遗址,被学者们认为是当时东方世界规模最大的城市,很有可能就是帝尧的都城。此外，这里还有传说中帝舜和大禹的都城①，尚待考古发掘的进一步证实和探究。有鉴于此，文化学者们把晋南称之为"古中国"，而以此为中心的黄河流域便是中华民族当之无愧的发祥地和中华文明的摇篮。

在山西这片沃土上，千百年来就流传着无数优美动人的神话故事和传说。如女娲补天、帝尧教民掘井取水、大禹治水、黄帝斩蚩尤、后稷教民稼穑、嫘祖教民养蚕缫丝等等。在中国神话学界有所谓"昆仑神话""太行神话"②"蓬莱神话""楚神话"之说，其主体是"昆仑神话"和"太行神话"；而山西，特别是晋南和晋东南一带，正是"太行神话"流传的中心地。在山西省域流传的神话传说中，尽管包含和杂糅有前述三种神话系列的神话传说，但其核心部分则是太行系列的神话传说。因此，从某种程度而言，山西流传的神话传说，即"太行神话"，亦即上古中国的神话传说。

基于对中华民族传统文化、故土文化的热爱，山西师范大学"黄河民俗文化研究所"和"黄河文化与教育研究中心"的师生们，对山西省域内流传的神话传说以及民俗文化进行了长期、系统、深入的调查与研究，写出大量的学位论文和学术论文，本丛书就是在这些研究成果的基础之上进一步整理、加工、提升、撰

---

① 晋代皇甫谧《帝王世纪》："尧都平阳，舜都蒲坂，禹都安邑。"蒲坂，今山西永济古称；安邑，古代都邑名，位于今山西运城。
② 又称"中原神话"。

写而成的。

本丛书所辑录、整理和研究的神话传说，从主人公的出生地及故事流传地域几方面因素来考量，大致分为以下几种情形：一种是神话传说之主人公出生地在山西，故事原生地也多在山西，主要流传于山西某地或其他地区的神话传说，如帝尧①的神话传说、帝舜②的神话传说、后稷的故事、师旷的故事等等；一种是神话传说之主人公出生地在其他地区，但在山西留下大量活动的足迹，故事的原生地是山西，主要流传于山西或其他地区的神话传说，如黄帝的神话传说、大禹治水神话、姜嫄的故事等等；还有一种是神话传说之主人公出生于其他地区，故事的原生地也在其他地区，但在山西地区有着广泛流传的神话传说，如夸父逐日、仓颉造字等等。不管是何种情形，这些神话传说的共同特点是都有着积极的思想内涵。有的神话传说，如盘古开天辟地、共工怒触不周之山、女娲造人，所反映的是中华民族的先祖们尽管对当时所处的自然环境缺乏认识和了解，也无从对这些现象做出科学解释，但他们又渴望了解和把握这些现象，并且进一步做出化害为利、征服自然的积极可贵的尝试和努力；有的神话传说所反映的是先祖们在恶劣的

---

① 帝尧出生地，国内文化学术界除"山西临汾说"之外，尚有"河北保定说""江苏金湖说"等。
② 帝舜出生地，除"山西永济说"外，国内文化学术界还有"山东诸冯说""河南濮阳说""湖南永州说"。在今山西省永济市及运城市域内有许多与帝舜活动有关的地名，可视作"山西永济说"的佐证。

自然环境下，直面种种艰难险阻、生存困境，所表现出的勇于斗争、不甘屈服妥协的坚强意志和抗争精神，如愚公移山、羿射九日、大禹治水；有的神话传说反映的是先祖们在氏族部落时代，面对自然和社会的敌人，在战争中所体现的崇高英雄气概，以及在治国理政、处理种种人伦关系中所表现出的贤良美德，如尧舜禅让、杨家将故事与关公故事等等；有的神话传说则彰显的是先祖们长期以来同大自然与社会斗争的伟大发明创造，以及在其中所显现的聪明、才能、经验和智慧，如帝尧掘井取水、嫘祖教民养蚕缫丝、后稷教民稼穑、羲和制定天文历法等等。

在这些神话传说中，塑造出许多形象生动、性格鲜明的人物，如仁爱贤德治国为民的帝尧、三过家门而不入的治水英雄大禹、爱情真挚坚韧的牛郎织女、忠义仁勇的关公等等，这些形象已经深深镌刻在人们心中，成为一种深厚的民族文化积淀和鲜明的民族文化标志。同时，这些神话传说的艺术表现形式也非常优美，具有经久不衰的艺术魅力。如大禹治水的神话传说：大禹为根治水患，经年奋战，三过家门而不入，吸取父亲治水的教训，改堵为疏，而最终成功治水。故事情节曲折生动，十分感人。又如愚公移山的故事，把愚公与智叟进行对比，凸显出愚公朴实、坚毅的美好品质，故事富于哲理和教育意义。

这些神话传说具有浓郁的民族特色和地方文化特色。与古希腊以及其他西方国家民族的神话传说不同的是，这些神话传说的题材反映的多是先民在上古农耕生活中人与恶劣的自然环境之间，以及不同氏族部落之间为争夺生存空间而进行的斗争生活；而作为航海民族和游牧民族神话传说中常见的航海冒险之类的英雄故事在山西神话传说中则十分罕见，由此而显现出上古时期我们先祖在黄河流域的生活状貌具有鲜明的农耕民族神话的特色。此外，这些神话传说中的英雄人物也与西方民族神话传说中的英雄人物不同，他们身上所彰显的不只是武艺高强、勇武善战、视死如归的个人品质和英雄风范，同时，还更多地展现出对民族（或氏族部落）的集体责任感和家国情怀，以及为人处世方面的品质和贤德。后世中国文学中的英雄与西方文学中英雄的差异由此开启先河。

这些神话传说，是中华民族的先祖生活经历以及认识把握自我和周围世界的经验智慧的结晶，是人类思维最早绽放的文明智慧之花，可以被视作当时人们生活的"元科学""元艺术"和"百科全书"。在千百年的流传过程中，人们把自己的生活体验、理想愿望、价值观念、审美理想凝聚其中，从而观照出中华民族成长繁衍的历史，其中深深地镌刻着中华民族的集体文化记忆，隐含着深厚的中华民族的种族基因，以及中华民族文化何以成为一种和合文化、伦理文化的深刻文化逻辑，从中我们可以找到解读中华民族文化符码的钥匙。

最后，需要我们特别说明的是，我们在搜集、研究、撰写山西神话传说与民间故事的过程中，广泛吸收和借鉴了国内许多专家和山西师范大学"黄河民俗文化研究所"师生们的研究成果；曾经受到来自山西师范大学、山西省文化科技相关政府机构以及北岳文艺出版社领导和编辑们方方面面的支持和关爱；山西师范大学文学院民俗学专业和比较文学与世界文学专业的研究生白宁、王静、卓琳、李欣静、闫慧芳、李娜、岳文凯、牛靖晶、李佳、王存弟、黄金龙、薛圆媛、杨海玉、崔楠等同学在前期做了大量的资料搜集和初步研究工作。在此，我们一并向他们表示真挚的感谢！因水平和能力所限，本丛书的不足和疏漏之处也在所难免，希望得到广大专家和读者的批评指正。

亢西民

2019 年 10 月于尧都平阳

目录

仓颉造字的传说 …………………………………001
嫘祖养蚕缫丝的传说 ……………………………005
风后的传说 ………………………………………009
有巢氏发明"巢居"的传说 ……………………011
祝融胜共工的传说 ………………………………014
羲和创制历法的传说 ……………………………017
姜嫄三弃后稷的传说 ……………………………020
娥皇、女英的传说 ………………………………023
简狄生契的传说 …………………………………026
后土娘娘的传说 …………………………………029
皋陶制定推行刑法的传说 ………………………032
后稷教民稼穑的传说 ……………………………034
台骀治水的传说 …………………………………037
精卫填海的神话传说 ……………………………039

后羿射日的传说 ……………………………………042
共工怒触不周山的传说 ……………………………045
夸父逐日的传说 ……………………………………048
愚公移山的故事 ……………………………………051
舜命夔制典乐的传说 ………………………………053
巫咸造鼓的传说 ……………………………………055
董父豢龙的传说 ……………………………………057
仪狄酿酒的传说 ……………………………………060
乐师师旷的传说 ……………………………………063
吴刚月宫伐树的传说 ………………………………070
龙子的传说 …………………………………………073
乐氏二仙女的传说 …………………………………076
黄飞虎与三目僧的传说 ……………………………079
八仙与凤凰城的传说 ………………………………081
吕洞宾的传说 ………………………………………083
二郎神担山的传说 …………………………………085
水仙童子的传说 ……………………………………087

彭祖长寿的传说 …………………………………089
董永与天仙女的传说 ………………………………091
王质烂柯的传说 …………………………………093
耿仙斩蛇定南山的传说 ……………………………095
运城盐池的故事传说 ………………………………097
金牛碾金子的传说 …………………………………102

后　记 ……………………………………………104

仓颉造字的传说

仓颉又作苍颉，复姓侯冈，传说是黄帝的史官，汉字就是他所创造的。

仓颉作为辅佐黄帝的大臣，曾被黄帝分派去管理牲口和粮仓。

当时古人记载事物采用的是结绳记事的办法，仓颉聪明勤快，做事尽力尽心，他用这种办法把牲口、食物记录、管理得清清楚楚、井井有条。但后来随着牲口与食物的种类、数量的逐渐增加、变化，这种办法已经远远不能满足需要了。于是仓颉开始绞尽脑汁地想办法。他用各种不同颜色的绳子，表示不同的牲口、食物，用绳子打的结代表每个种类的数量。但时间一久，需要记下来的东西太多，这个办法也显得不方便了。于是，仓颉又想到在绳子上打圈圈，在圈圈里挂上各式各样的贝壳，来表示他所管理的东西。仓库里如果增加了东西，就在圈圈里增添一个贝壳，仓库中的东西减少了就去掉一个贝壳。这法子用了几年，似乎还挺管用。黄帝见仓颉能干，就分给他越来越多的事情，诸如每年祭祀的次数，每次狩猎的分配情况，每个部落人丁的增减状况……很多琐事都需要仓颉去管，单凭绑绳子、挂贝壳已经记不清这么多的事情了，所以仓颉又开始犯愁了。

仓颉一直在苦思冥想有什么办法能清楚地记下事情的变化，但过了很久都没找到解决办法。直到有一天，仓颉参加集体狩猎，在一个三岔路口，他看到几位老猎人为往哪条路追踪猎物而争辩起来。一位猎人坚持要往东追，说这个方向有野羊；另一位猎人要往北去，说可以追到鹿群；还有一位猎人偏要往西走，说那里有两只老虎。仓颉就问他们为什么会知道哪个方向有什么动物，打猎的人告诉他是看到地上野兽留下的脚印才确定的。仓颉如醍醐灌顶般地想到：既然一个脚印能够代表一种动物，那是不是可以找到一种符号用来表示我所管理的东西？于是，他就开始创造各种符号来表示事物。用符号来代替实物进行记录，果然能轻松把一大堆的政务管理得很好。黄帝知道后，大大赞赏了仓颉，还命令他到各个部落去传授这种记事的方法。仓颉创造的符号用法逐渐推广开了，人们都说他是最聪明的人。渐渐地，仓颉骄傲起来，造字也马虎起来。

有一天，有位老人就问仓颉："为什么'马'和'驴'看起来差不多是一样的？"仓颉说："因为它们都有四条腿。"老人又问："牛也是四条腿，怎么'牛'字只有一条腿？"仓颉说："那是牛的一条尾巴。"老人说："那鱼有四条尾巴吗？"仓颉听后，明白是自己造的这几个字符不太正确，羞愧得满脸通红，变得哑口无言。从那之后,仓颉造新字便多方征求年长者的意见并反复推敲,再不敢马虎大意了。

在我国古代流传的有关造字的传说中,主要有仓颉造字、伏羲造字、河图洛书等等,影响最大的则是仓颉造字。有关仓颉造字的文献记载早在战国时期就已有很多。秦始皇在统一中国、统一汉字时,推广汉字的范本名称就叫《仓颉篇》。汉代刘安的《淮南子·本经训》里记述:仓颉作书而天雨粟,鬼夜哭。许慎在《〈说文解字〉序》中说道:"黄帝之史仓颉,见鸟兽蹄坑之迹,知分理之相别异也,初造书契,百工以又,万品以察。"《汉学堂丛书》(辑《春秋纬元命苞》)称:"仓帝史皇氏,名颉,姓侯冈,龙颜侈哆,四目灵光,实有睿德,生而能书,……于是穷天地之变……指掌而创文字,天为雨粟,鬼为夜哭,龙乃潜藏。"

仓颉造字的传说在山西、陕西等地流传甚广,在山西主要流传于临汾一带。传说尧都区城西南的西赵村是仓颉故里,也是仓颉造字之地。汉唐以来,村中一直建有"仓颉圣祠",每年春天都要进行一定规模的祭祀活动,清乾隆四十九年(1784年)甲辰仲秋,平阳府邑令河间李甲荣在西赵村仓颉造字遗址立了一块"仓颉造字处"的石碑。

在《临汾县志》中记载:"上古仓颉,为黄帝左史,生而四目,有睿德。见灵龟负图书,丹青甲文,遂穷天地之变,仰观奎星圆曲之势,俯察龟文、鸟语山川指掌而拼文字,文字即成,天为雨粟,鬼为夜哭,龙为潜藏。今城南有仓颉故里碑。"这些描述同前面提到的古籍记录大致相类,只是因年代久远,仓颉圣祠已经被毁,临汾城南的"仓颉造字处"碑现在留存于临汾市尧庙。

(杨海玉)

嫘祖养蚕缫丝的传说

相传古时候,在中条山的北面有一片茂密的森林,林子边上坐落着一个村庄。每当太阳出山的时候,桑林的阴影就会遮蔽村庄,村子由此就得了一个美丽的名字——西阴村。

西阴村里住着一位叫嫘祖的美丽姑娘,她的妈妈早年病亡,爹爹是黄帝手下的一员大将,常年出征在外,家里就只剩下她和一匹小白马。嫘祖常常想念爹爹,每次都只能找小白马诉说自己对爹爹的思念。有一年中秋节的时候,嫘祖又因为想爹爹而伤心地对着小白马流泪,她一边哭一边说:"马儿呀,你要是真怜惜我懂得人情,就到军中把爹爹接回来吧,你要是做到了,我就和你成亲。"没想到嫘祖话音刚落,小白马就呼叫一声冲出了家门。

小白马跑出村庄,跑呀跑,一直跑到了军中,跑到了嫘祖的爹爹面前。它又蹦又跳,又喘又叫,嫘祖的爹爹看到自家的马儿跑来了,感到很吃惊,就问它:"莫非是家里出了什么事?"只见小白马冲着家乡的方向不停哀鸣,爹爹觉得不好,赶紧骑上小白马，连夜赶回了家。

第二天天刚亮，小白马就驮着嫘祖的爹爹回到了西阴村，父女相见，十分欢喜，却把小白马忘到了一边。这时，小白马突然就嚎叫起来。嫘祖急忙拿出最好的饲料添在槽中，谁知道小白马却一直不吃不喝，并且总是冲着嫘祖不停地叫唤。爹爹觉得很奇怪，就问女儿这到底是怎么回事。嫘祖却羞红了脸不说话。在爹爹的再三追问下，她才说出同小白马的戏言。爹爹听了大怒，当下就拉弓搭箭射死了小白马，然后气狠狠地剥下了马皮，扔到了屋前。

爹爹走后，嫘祖又害羞又懊悔。她跪在马皮跟前，伤心地说："马儿呀，怨我做错了事情害得你这样，今番不能如你所愿，来世一定报答你的恩情。"这一幕正好被来找嫘祖玩的邻居姑娘雪花看见，雪花见嫘祖跪在马皮前说话十分奇怪，定要刨根问底弄个明白。嫘祖拗不过她，只好对她说了实话。谁知道雪花听了以后，用脚踩着马皮说："好你个畜生，真不知羞耻，还妄想和人成亲⋯⋯"雪花的话音未落，就见平地上掀起一股狂风，马皮腾空而起，紧紧裹住雪花翻卷着飘摇而去了。嫘祖一阵惊慌，赶忙朝着马皮追去。她一边跑一边喊着雪花的名字，追出了村庄追进了树林，可是却再也没有听到雪花姑娘的回音。

嫘祖追了整整一天都没有找到雪花姑娘，后来就倒在一棵树下睡着了。不知过了多久，她被一阵"嘻嘻"的声音吵醒了，睁眼一看，就见裹着雪花的马皮竟然夹在身边一棵树的树杈里。嫘祖急忙喊："雪花！"谁知道这张马皮却在她的喊声中渐渐缩小，最后竟然缩成了大拇指般的一个小白团，并且紧紧粘在树上。嫘祖取不下来，只好天天来看望。几天后，小白团里飞出一个美丽的小白蛾，它的眉毛眼睛都和雪花姑娘的眉眼一模一样。又过了几天，小白蛾突然死了，嫘祖十分伤心，她以为遭了害虫，就在树上找呀找，可是什么害虫也没找见，只发现树上粘着许多小黑粒。后来这些小黑粒又渐渐蠕动出小黑虫，它们整天吃叶子，几天后又变成了小白虫。它们十分漂亮，头像白马的头，只是少了两只耳朵，洁白的身子似雪花姑娘俊美的身材。

嫘祖终于发现了这个秘密，为了报答小白马和雪花姑娘的恩情，她把这些小白虫都收回家中，每天用最好的叶子喂他们。时间慢慢过去，小白虫渐渐长大，最后吐出了缕缕银丝。嫘祖觉得小白马和雪花姑娘都是因为自己死的，并且死得很惨，就给小白虫起了个名字"蚕"，那棵树起名为"桑"（丧）。它们吐出的白丝也就成了蚕丝（惨死）。

第二年，黄帝打败了蚩尤，便在帐前大摆筵席，犒劳三军。许多将领和百姓都送来了各种各样的宝物。嫘祖进献的蚕丝一下子就吸引住了黄帝。黄帝爱慕嫘祖，就向嫘祖的爹爹求婚。嫘祖的爹爹十分高兴，当场允诺让他们结为夫妻。

从此，养蚕缫丝、纺织也逐渐推广到黄河流域以及全国。嫘祖的故乡西阴村也就成了植桑养蚕的发源地。传说中，嫘祖作为黄帝元妃，首倡婚嫁，母仪天下，福佑百姓，是我国先祖女性中的卓越代表,被后人奉为"先蚕"圣母和蚕神,和炎、黄二帝并称的人文始祖。

嫘祖养蚕的传说主要流传于山西晋南一带。晋南有古中国之称,考古发现,早在六千年前这一带就已经出现了养蚕业。1926年10月,我国现代第一位考古学家李济在山西夏县西阴村新石器时代遗址的挖掘中,除了挖掘出土许多石器、骨器之外,还发现六千年前半个带有刀切痕迹的蚕茧(现存台北故宫博物院)。西阴村离黄河不远,西北隔鸣条岗近涑水河,东南隔青龙河依中条山,由此可见当时在晋南一带就出现了植桑、养蚕业。

(薛圆媛)

风后的传说

传说风后是伏羲的长子和黄帝的宰相。黄帝有一天做了一个奇怪的梦,一场罕见的大风呼啸着刮来,把大地上的尘垢刮得荡然无存,只剩下一个干净整洁的世界。黄帝惊醒后,十分惊异,久久不能忘怀。他自我圆梦,在心中斟酌:"风为号令,执政者也。垢去土,后在也。天下岂有姓风名后者哉?"于是他食不能安,睡不能眠,到处留神察访,想要找到这个名为风后的人为自己所用。在历经跋涉之后,终于在海隅(运城市解州镇社东村)这个地方找到了风后。他欣喜若狂,立马拜风后为相。由于风后是黄帝的第一任宰相,所以后人称他为"开辟首相"。黄帝将风后列为三公之首,足见风后的影响力之大。

在山西运城盐池一带黄帝与蚩尤曾经爆发了一场大战,这场战争也就是阪泉之战,风后在这场战争中起到了很大的作用。传说在阪泉之野(山西运城一带古称蒲阪),黄帝与蚩尤各自摆开了阵势,一时间,大风、大雨伴着大雾接踵而至,形势紧张。在雾气弥漫的情况下,风后利用指南车指引部队脱离险境,立下赫赫战功,令蚩尤闻风丧胆。接着黄帝之女女魃出阵,驱散风雨,用号角声、擂鼓声等扰乱敌方军心,采取变化多端的战术,取得胜利。战争胜利之后蚩尤被斩杀,尸首被分解,葬在了不同的地方。因此,这里被人命名为解州,该村村民是蚩尤部族后代,所以命名为蚩尤村(现名为从善村)。运城盐湖池水为赤色,相传为蚩尤血水所染。

风后发明的指南车及其开创的阵法独一无二,为黄帝统一中原做出了不可磨灭的贡献。其最著名的"风后八阵兵图"对我国古代的军事史、古代军论的形成和发展都有重大的学术意义和价值。风后死后,轩辕黄帝把他葬于山西省芮城县城以西三十五公里处黄河渡口,此地也因此被称作"风陵渡"。

有关风后的文献记载主要有《路史·国名记》《通志·氏族略》《史记·五帝本纪》等。《路史·国名记》中记载:"上世式国于风而为姓,故伏羲之后,有风后。"郑樵《通志·氏族略》中记载:"风氏姓也,伏羲氏之姓。"风后的故事传说主要流传于山西省运城市解州、芮城风陵渡一带。今山西省运城市解州镇东门外社东村有一块"风后故里"的大碣石和"风神庙"。

(崔楠)

有巢氏发明"巢居"的传说

有巢氏,简称"有巢",号"大巢氏"。五氏之一,是昊英氏之后的又一位远古时代部落首领,生活居住在古黄河下游一带,生活在距今5500~5300年的新石器时代晚期。有巢氏是中国神话传说中的英雄,传说古代巢居就是有巢氏所发明。

相传上古时期,大地上的人很少,而各种飞禽走兽却很多。其中有些性情温和驯良,但也有不少是凶猛可怕的狼虫虎豹、飞雕雄鹰之类。人类居住在地面上,经常遭受到这些猛兽的攻击,每时每刻都有受伤或身亡的危险。就是在这样恶劣环境的逼迫下,部分人类开始往北迁徙。这一部分人来到了今天的山西和陕西一带,由于受到了鼠类动物的启发,他们在黄土高原的山坡上打洞,居住在洞里,并用石头和树枝挡住洞口,以此来避免猛兽的袭击。这样的居住生活环境安全了许多。

但是北方气候寒冷,许多人宁愿留在危险的南方,也不肯往北迁移。就在这个时候,出现了一个圣人。传说圣人出生在苍梧

（即现在的湖南九嶷山以南），曾经游历过仙山，得到了仙人的指点，拥有了超于常人的智慧。受到鸟类在树上筑巢的启发，圣人发明了"巢居"。他指导人们用树枝和藤条在高大的树干上建造房屋，房屋的四壁和屋顶都用树枝遮挡得严严实实，既可以挡风避雨，又可防止禽兽的攻击。从此人们不再过那种提心吊胆、夜不能寐的日子了。

人们非常感激这位发明巢居的圣人，便推选他为当地的部落酋长，尊称他为"有巢氏"。有巢氏被推选为部落酋长后，为部落的人办了许多好事，名声很快传遍了中华大地。各部落的人都认为他德高望重，有圣王的才能，于是一致推选他为总首领，尊称他为"巢皇"，也就是部落联盟总部的大酋长。

传说有巢氏执政之后，就将都城迁到了北方圣地石楼山（即今山西吕梁市兴县东北），并命人在山上挖了一个洞，他就居住在山洞里处理政务。所以后世人便把石楼山称作有巢氏的皇都。

自有巢氏之后的中华民族先民们，开始了不再洞处穴居的新生活。那时人类已经进入到母系氏族公社阶段，男子打猎和捕鱼，女子采集野菜和挖掘块根。传说有巢氏成为部落首领后排除了兄弟姐妹间的通婚关系，并禁止同一族群内部的同辈男女通婚。男子只能选择其他族群的女子为妻，女子也只能选择其他族群的男子为夫。这种族外群婚相对于血缘群婚，显然有了很大的进步。

在中华民族文明史上，引导并带领先民脱离动物界而迈出人类第一步的便是有巢氏。正如著名历史学家吕振羽在《中国历史讲稿》中所指出:"到了有巢氏,我们的祖先才开始和动物区别开来……从此就开始了人类历史。"

有巢氏的故事主要流传于山西吕梁一带。有关文献:《庄子·盗跖》曰:"且吾闻之,古者禽兽多而人少,于是民皆巢居以避之。昼拾橡栗,暮栖木上,故命之曰有巢氏之民。"《太平御览》卷七八引《遁甲开山图》云:"石楼山在琅邪,昔有巢氏治此山南。"又引《项峻始学篇》云:"上古穴处,有圣人教之巢居,号大巢氏。"

(元小雨)

祝融胜共工的传说

上古帝喾在位时,有一个叫重黎的人,是颛顼的重孙,官职是"火正"。重黎忠于职守,努力为帝喾和广大黎民服务,当火官有功,帝喾于是赐以"祝融"的封号。"祝"是永远、继续的意思,"融"是光明的象征,就是希望重黎继续用火来照耀大地,永远给人带来光明。

祝融是中国神话传说中的火神,他在昆仑山上有座宫殿,叫光明宫。在那时的远古洪荒时代,人们过着茹毛饮血的生活,他看到人们把打猎得来的野兽拿来生吃,便让人们从光明宫取来火种,把野兽架到火上烤熟,再来食用,这样既好吃,又文明,从此使人们摆脱了茹毛饮血的野蛮生活,人们尊崇他为火神。因火是红色的,人们因此把祝融称作"赤帝"。

据说祝融最早发明"击石取火"之法,使人们不再为保存火种发愁,从而大大方便了人们的生活,人们对他的祭祀十分隆盛,这引起了水神共工的嫉妒和不满。共工性情暴戾,他的家在东海之中，于是他率领一班水族和祝融决战，他发起五湖四海之水，差点把光明宫的神火淹灭。火神祝融则乘着一条火龙迎战共工。火焰升腾，神勇无比，直把共工烧得焦头烂额，率领水军败退东海。但祝融不肯罢休，又乘火龙追逐而至，共工只得逃跑，慌得一头撞在不周山①上，把不周山拦腰撞断。这下可非同小可，原来不周山是根顶天之柱，柱子倒塌使天上塌了一个窟窿。于是，天倾西北，地陷东南，有了后来的女娲补天之说。

有关祝融的传说在全国多地都有流传，在山西主要是在晋中左权一代。有关祝融与共工的文献也有很多。如《史记·楚世家》："高阳生称，称生卷章，卷章生重黎。重黎为帝喾高辛居火正，甚有功，能光融天下，帝喾命曰祝融。"《史记·补三皇本记》："诸侯有共工氏，任智刑以强霸而不王；以水乘木，乃与祝融战。不胜而怒，乃头触不周山崩，天柱折，地维缺。"关于共工与颛顼之战的文献见于《淮南子·天文训》："昔者共工与颛顼争为帝，怒而触不周之山，天柱折，地维绝，天倾西北，故日月星辰移焉；地不满东南，故水潦尘埃归焉。"

在今晋中左权县县城北有火神山，山上建有祝融庙（祠），俗称"火神庙"。据《清雍正辽州志·城池》载："辽阳城，州北二里，祝融氏所建，唐武德三年迁之，古人于旧址立祝融庙以志"。据1986年县城北文化遗址出土的石斧、陶片表明，早

---

① 另有神话传说，共工与颛顼交战，怒撞不周山。

在四千年前,我们的祖先就已在此地繁衍生息,祝融在此建城也已有四千余年的历史。火神山上现建有祝融公园,县城中有祝融街、祝融大厦。

(贾运真)

羲和创制历法的传说

羲和在中国上古神话传说中是位掌管太阳运行、制定日历、观天测时的太阳女神。她是帝俊的妻子、太阳的母亲，曾生下十个太阳，是人类光明的缔造者和太阳崇拜神话中崇高的女神；以后她的形象逐渐由太阳母亲演变成为驭日之神和制定日历、观天测时的天文史官。在山西稷山县一带流传的羲和传说中的羲和形象属于后者。

传说在帝尧时代，羲氏、和氏分别是两个氏族部落的名字，被尧委以重任，观测天体运行规律，制定出天文历法，以方便人民劳作。于是这两个部落的羲仲、羲叔与和仲、和叔分别住在东、南、西、北四个方位，观察星象变化、昼夜长短和鸟兽毛羽更换等现象，确定出仲春、仲夏、仲秋、仲冬等时令，为我国历法的形成做出了重大贡献。人们可以根据这些时令，安排农事作息，顺应天时以获丰收。在以后的传说中羲和的形象不断演变，成为帝尧手下司掌天文历法、时令节气的大臣。临汾尧庙广远殿，尧王塑像两旁，侍立后稷、伯益、皋陶、羲和四位大臣，即可作为佐证。羲和的形象也至此固定下来。

在我国古代典籍中，有关羲和的文献记载很多，而且十分博杂。《山海经·大荒南经》《尚书》《淮南子》《史记》以及楚辞《离骚》《天问》中多有著录。在山西运城市东庄村北约八百米处，有羲和庙遗址，这里每年举行两次庙会，农历三月十五是祭祀大典，后因故取消；每年正月十一的"花灯会"，又称"花儿会"，则一直保留至今。在运城稷山流传着"羲陵晚照"的著名典故。传说在羲和庙即将竣工的时候，太阳落下山头，黑夜阻止了民工继续行动。而此时民工想要尽快完工，回家与亲人团聚，于是跪地祈求："羲和神呀羲和神，再给我们一会儿工夫，就把活儿干完收工啦。你既然上管日月星宿，下佑黎民百姓，为什么不能叫日头迟落一会儿呢？"话音刚落，西边太阳的余晖重新照进庙园，一直到羲和庙建成之后天才黑下来。以后每年的夏天，这里的太阳总比周围晚落一会儿，形成了一个奇妙景观。"羲陵晚照"也成为稷山古八景之一。

稷山人民口耳相传，羲和四人葬于稷山东庄村。因为东庄乃是羲和的故乡，人死之后，叶落归根，羲和墓理应建于此地。但根据研究分析认为，这大抵同羲和他们观测天象的地点有关。羲和四人的观测点位于云丘山上，此地在东庄村以北二十余里。而观测点不止一处，人们推测其他点很有可能在当今西社镇的高渠村、中社、中土地等村落。正因为羲和观天制历就在此地，因此尧舜很可能就将这里作为他们的封邑,死后自然也葬在这里。另外,在山东省日照市汤谷太阳文化源旅游风景区内遗存着完整的羲和部落遗址。

(崔楠)

姜嫄三弃后稷的传说

姜嫄,中国上古人物,姓有邰氏,是炎帝的后代,黄帝曾孙帝喾的正妃,后稷的母亲。未出嫁前,姜嫄居住生活在有邰氏部落①。

姜嫄三弃后稷的传说在运城市闻喜一带十分流行。有一天,姜嫄在原野散步,见到一巨人足迹,十分好奇,便用自己的脚印踩着这一足迹往前挪,当踩到拇指的地方时,忽然感到一股暖流汇入身上,回家后不久便身怀有孕,生了个男孩子,姜嫄认为是不祥之物,便把这个孩子抛在狭隘的巷道上,让牛羊踩死,没想到牛羊竟然避而不踩,并喂奶给孩子。她又叫人把这个孩子抛到荒山丛林之中,谁知刚好碰上许多人来林中伐木,把孩子又收养了起来。她知道这个情况后又派人把孩子要来扔在了冰河之上,想让其冻饿身亡,只见一大群飞鸟有的卧在这个孩子身下,托着

---

① 在今天陕西省武功县境内。

他身不着冰，有的展翅盖在其身上遮挡着风寒，有的衔来水果让其充饥。姜嫄得知后，认为这个孩子是天上神仙下凡，于是接回了他，由于抛弃了三次，为其取名"弃"，也就是后稷。

民间还流传着一段姜嫄圣母与"远志"的故事。在人们治病服用的中药中，有一味药名叫"远志"，原来收作"嫄志"。在唐尧虞舜之际，天下洪水横流，民不聊生，尧帝命鲧治水，后舜举荐鲧子禹，于是后稷追随禹去全国各地治水，多年不归。姜嫄十分思念后稷，每天出门站在高处远望，等待儿子早日归来。

终于有一天，儿子划着木筏回来了，母子相见，悲喜交集。当母子在家坐定时，姜嫄才发现儿子双眼红肿发亮，身上烂疮遍布，面容憔悴，疲惫不堪。姜嫄见状，十分心疼，立即想方设法给儿子治病，四处求医求神却不见好转。正在无奈之际，忽然想起有一年她因劳累过度而得病，只治不轻，忽见田间地头长的一种草，柳叶细枝，墨绿发亮，茎红根黄，用嘴细嚼，味甘、性温，当她嚼了几次以后，只觉得轻松不少，她立即采集了许多，在锅里熬汤喝，连续几天后，病完全好了。想到这儿，她赶忙采摘这草给儿子熬汤喝。后稷喝了一段时间后，病彻底好了。姜嫄为儿子治好病的消息很快传开了，人们在高兴之余又互相介绍，凡是得了这种病的人都来此诊治，一治一个好。来此采药、治病的人越来越多，姜嫄为让儿子和人们记住这个药草，就给起了个名字叫"嫄志"，意思是姜嫄发现的，人们要永远记住它。

明代医学家李时珍在编《本草纲目》时，将"嫄志"改名为

"远志",此后被医药界通用。中医的普遍应用和姜嫄为后稷治病的故事使这味药名气大增。人们普遍认为远志这味药唯有古有邰——陕西省武功县所产最好,姜嫄墓周围生长的尤为好。

姜嫄的故事主要流传于陕西省武功县和山西运城的稷山、闻喜、万荣、绛县一带。有关姜嫄的文献可见于《史记·五帝本纪》《绛县县志》等。《史记·五帝本纪》中记载,姜嫄是帝喾高辛氏的正妃。运城绛县冷口有"姜嫄娘娘墓",距离绛县三十里的城南方向,有一座凤凰山,其上有"姜嫄娘娘祠",《绛县县志》重修姜祠记中记载:"因后稷之功,追念姜嫄氏之德,久而不忘。"山西运城的稷山、万荣都曾有姜源庙。在运城市闻喜县冰池村东有古姜嫄墓,传说是姜源丢弃后稷的地方。

(崔楠)

娥皇、女英的传说

娥皇、女英是中国古代传说中尧的两个女儿。尧王访贤从羊獬村①回平阳后,计划让两个女儿由伊村,迁至羊獬村落户。二女遵从父王意见,决定骑马前往羊獬,由文武大臣和侍女送行。羊獬村的村民闻讯后,为娥皇、女英的落户做了隆重的准备。落户后她们发扬父王帝尧的家风,克勤克俭,与乡亲和睦相处的贤良事迹广为传播。

之后帝尧将二女许配给舜为妻。临出嫁时为姊妹两个究竟进门后谁该为大谁该为小,难以定夺。最后尧王巧设办法,以炮为令,让她们以"煮豆子"定大小。七粒豆子、七根豆秆,在相同的时间里,谁先煮熟,谁为大。炮声响了,娥皇用大火煮,认为熟得快,然而豆子尚未煮熟,豆秆已经烧完了;女英则用小火煮,豆秆未烧完,而豆子已经熟了。经过评定,女英的豆子已经煮熟,

---

① 位于今洪洞县甘亭镇。

但是娥皇不同意。

母亲又想办法,让她们比赛纳鞋底,谁先纳完谁为大。娥皇拿起针绳马上动手,总想完在前头。可是女英心细,有计划,将绳子分成五尺一小节。刚做好准备工作,不料娥皇已用去一尺多绳子了,娥皇暗中高兴,心想这一回可要领先了。稍待一会儿,女英虽然动手迟,但速度快,眨眼间女英的鞋底已纳了多半只了。娥皇一见超过了自己,越急越出汗,汗水浸湿了绳子,更拉得费劲了。时间已到鸣炮验收,又是女英告捷。娥皇虽为姐姐却羞于认输。

正为难时大臣皋陶又提出新建议,他说:"择一良辰吉日,令二女一人乘车,一人骑马,谁先到姚丘(洪洞万安)谁为大。"娥皇觉得骑马路上跑得快,便提出要骑马。女英说:"姐姐骑马我就坐车吧,但有个条件,骑马的要让坐车的五里路,让车先行。"娥皇同意了女英的说法。良辰吉日到了,舜王的迎亲人马到了羊獬村,按照皋陶的决定,娥皇、女英分别骑马坐车,依先后次序上路。不料女英的车刚到仁义村南头,车轮就陷入泥坑,送亲人将车扛出辙窝,因泥糊住了车辐,当时未发觉车辐折断。走到仁义村北头,车辐掉了。正在请木匠修理时,娥皇骑马赶来,见此情景,心中暗喜,亏了自己骑马,才能免此事故。接着对女英说:"那么我就先走了,在姚丘等妹妹吧。"女英的车修好后继续赶路,忽见前方围着一群人,走近看原来是姐姐愁容满面坐在一块石头上,低头不语。女英忙下车安慰姐姐,问明情由,才知道是乘的马生了马驹。事已至此,女英决定和姐姐一同乘车赶路。娥皇、女英二姊妹坐在车上,感慨万千,互相倾吐了衷情,将做大做小的事情扔到了九霄云外,各自承认了自己的不是。不知不觉车已到达姚丘,当地的亲朋好友和群众夹道欢迎,将舜和娥皇、女英,迎接回去,举行拜堂礼仪。舜王向迎接的人们深表谢意,并说:"旅途中发生事故,使大家久等了,表示歉意。"二姊妹与舜王婚后商定,娥皇赴历山①劳动种庄稼,女英则留在家中侍奉双亲。

娥皇、女英的故事在山西省洪洞县一带广为流传,在羊獬村每年农历三月初三到四月二十八有"接姑姑、迎娘娘"大型民俗活动。这一活动沿袭几千年,现已列入国家非物质文化遗产名录。

(贾运真)

---

① 在洪洞县万安镇境内。

简狄生契的传说

简狄又名简翟,是商朝始祖契的母亲。传说简狄是有娀部落①首领的女儿,她不仅相貌美丽,并且特别聪明。有一天,喜欢四处巡游的帝喾来到有娀氏部落,被简狄的美貌和智慧所吸引,就向有娀氏的首领求娶简狄。帝喾当时已经娶了有邰氏的姜嫄,简狄就成了帝喾的第二位夫人,所以称为次妃。

"玄鸟生商"讲的就是简狄生子的传奇故事。传说简狄成为帝喾的妃子后,颇受宠爱,帝喾专门为她建筑了高台让她居住。有一年,帝喾带着她重游有娀,路过玄丘时,简狄的妹妹怂恿姐姐一起到山丘下的玄池去泡澡。简狄年少玩心大,就同意了妹妹的提议。两姐妹在洗浴的时候,从远处飞来了一对燕子,并在池水里丢下一个鸟蛋。这个鸟蛋闪耀着五色光彩,看起来特别漂亮,简狄和妹妹都很喜欢,简狄先拿到了那颗神奇的鸟蛋,就想把它

---

① 现在山西永济西一带。

据为己有，但正在洗澡无处可放，她急中生智把蛋含在嘴巴里，结果一不小心，那颗五色的燕子蛋就被咽到肚子里去了。然后她就觉得似乎有一股暖流，从喉头涌出，一直到达腹部，浑身都变得酥软无力，就这样怀孕了。足月之后，简狄从胸口生出了儿子契。

简狄生契的传说流传于山西运城一带。有关文献记载见于《史记》和一些文学典籍。在《史记·殷本纪》中记载："殷契母曰简狄，有娀氏之女，为帝喾次妃，三人行浴，见玄鸟堕其卵，简狄取吞之，因孕生契。"《诗经·商颂·玄鸟》也说："天命玄鸟，降而生商。"玄鸟是燕子的雅称，这句话是说，上天命令神鸟降临，降而生契，建立了商朝。《楚辞·天问》中说道："简狄在台喾何宜？玄鸟致贻女何嘉？"王逸《楚辞章句》里解释说：简狄在露台上随侍帝喾，有飞燕坠下，留下了一颗鸟蛋，简狄很高兴地吃了鸟蛋，然后生出了契。

关于燕子蛋的来源，还有一种说法，出自《吕氏春秋》："有娀氏有二佚女，为之九成之台，饮食必以鼓。帝令燕往视之，鸣若嗌嗌。二女爱而争搏之，覆以玉筐。少选，发而视之，燕遗二卵，北飞，遂不反……"大意是说有娀氏有两位美女，姐姐简狄和妹妹建疵。她们住在九层高台上，每日饮食一定有鼓乐陪伴。帝喾派燕子去看望她们。燕子去了，叫声婉转动听。那两位美女都喜爱燕子，争着想扑住它，最后姐妹俩用筐子罩住了燕子。过了一会儿，姐妹俩揭开筐子，发现燕子留下两个蛋，然后飞向北方去了。

一般来说，奇人的降生方式都不同于普通人，从契不同寻常的出生来看，他长大后一定会是一位旷世奇才。民间还有传说契与禹是同一时代的人。《史记·殷本纪》中表示：契是跟尧舜禹差不多时期的人物，因为长期帮助大禹治水有功，舜就任命契做司徒。后来，契被封在商（今河南商丘一带）这个地方，他的氏族就被称为商族，赐为子（"子"就是"卵"的意思）姓。

（杨海玉）

后土娘娘的传说[①]

后土是神话传说中的万物之母,是民间信仰的大地女神。

在山西运城的平陆和芮城两县交界处,有座后土庙,这是一处修建于明代的古寺庙建筑。正殿内中间的塑像是后土圣母坐像。当地人传说,后土庙偏东二里还有座庙叫"龙首观",里面供奉的是位祖师神。传说后土庙这个地方本来是那位祖师神先看中的,只是被后土娘娘用计骗走才建成后土庙。祖师神在天下云游,想要找一个风水宝地来建庙宇,当他来到中条山上空时,一眼就看中这里的地脉,便拔出宝剑插入地中作为标记。之后不久,后土娘娘也看中这块宝地,就耍了个心眼儿:趁祖师神尚未动工建庙,把宝剑抽出来,将自己的一只绣鞋埋到地下,再把宝剑从鞋上插下。祖师神开始动工建庙时,后土娘娘便出来说,这是她先看中并占下的地方,地下埋有绣鞋为记。祖师神拔出宝剑一看,果然

[①] 山西万荣地区流传的后土神话是关于后土娘娘的,祭拜的后土是位女性神,这不同于《山海经》及史书中记载的后土作为土地神的形象。

是插在鞋上。他为人爽直大气,根本没想过后土娘娘会使诈撒谎,就放弃此地另选了东边约二里远的地方建起了"龙首观"。当地人们讲起娘娘计骗祖师的故事,都说:"难怪世人会钩心斗角闹矛盾,连神仙也有使心眼的时候呢!"

位于山西万荣县城西南四十公里黄河东畔的万荣后土祠,是目前已知的最古老的后土庙。据碑刻记载,这里历史上属于著名的"汾阴脽地",自汉武帝时,汾阴后土庙就是历代帝王祭祀地神、祈福育民的胜地。汉武帝自己本人曾六次亲临汾阴脽上祭拜后土。明代之前,历代皇帝都把对后土的祭拜列为国家祭祀。明代以后官方祭祀开始衰微,对后土的信仰开始转向民间,后土的神职也发生了变化,从土地之神逐渐演化成生育神和守陵之神。虽然汉代建筑的后土祠已被黄河水淹毁,现存建筑是清同治九年(1870年)重建的,但此地的后土祭祀活动仍是很热闹的。

每年农历三月十八是后土祠庙会,庙会期间会有众多的人来向后土娘娘求子、求财、求平安、求健康、求丰收。在向后土娘娘求子方面,山西万荣有着传统的"拔花求子"习俗。就是结婚当天,新郎、新娘要到后土祠求子嗣。他们在后土娘娘神像前跪拜上香,然后把新郎、新娘的姓名、住房方位、村名告诉神灵,许愿磕头,然后在神像前的花架上拔花。花架上有三种花:一种是黄蕊红瓣的花,主生男;一种是红蕊黄瓣的花,主生女;还有一种是红瓣的花,主长命百岁。据说,取花要取风吹蕊动的,这样的花最灵验。拔花完毕,回家时要手拿几根点燃的香,一路保证香不灭烧到家里，这样可以将后土娘娘的灵气带回家，也是取香火不断的意思。民间传说，汉成帝是第一个到后土祠拔花求子的人，如今这一古老的风俗还在当地流传。

另外，在山西影响较大的后土遗迹还有介休后土庙和汾阳后土庙。介休后土庙中保留有反映道教内容的近千尊悬壁彩塑，汾阳的圣母庙中绘有大量有关后土生活场景的精美壁画。

在古代典籍中对后土的记载，同山西民间的后土信仰崇拜有着很大的不同。《国语·鲁语上》中记载，神农氏治理天下的时候，共工氏称霸九州，共工氏的第四个孩子后土，能平定九州，所以就把他当作社神来祭祀。《左传·昭公二十九年》也说道："社稷五祀……土正曰后土。"孔颖达曾解释，后土的"后"是"君"的意思，后土就是为君王掌管土地、治理天下，他是五土之神，所以人们曾把后土当作社神来祭祀。应该是因为后土有平定九州的功劳，恩惠普及黎民众人，所以在人们的传颂中后土从一个神名逐渐演变成一个固定的称谓、官名，并享有世人专门的祭祀规格。

汉民族传统的看法是天为阳、地为阴，帝与后相对。"皇天""后土"是一组对称概念，或许是因为社会逐渐有了阴阳、男女的区别，所以后土这位土地神，逐渐发展成为女性的形象，并在全国范围内享有高规格的祭祀和崇拜，如今在山西许多地区保留的后土庙或后土祠，对后土娘娘的拜祭依然盛行，具有浓郁的地方特色。

（杨海玉）

皋陶制定推行刑法的传说

皋陶，又名咎繇，是古代东夷部落少昊氏的首领，上古时期伟大的政治家、思想家、教育家。与尧、舜、禹同为"上古四圣"，是学界公认的"司法鼻祖"。生于尧帝之时，卒于夏禹之前，活到一百零六岁。他的故里是在洪洞县皋陶村。

相传皋陶相貌奇异，脸色青绿，嘴巴突出，犹如马嘴。说话的音调细长，人说是鸦雀之声。他执法公正无私，断案精明干练，审案明察暗访，判案轻刑重教，帮助尧舜禹制定刑法，推行"五刑""五教"，很受人敬重。他制定出我国第一部《狱典》给大禹过目后，禹命他予以实施。

据说，帝尧得到的那只被尊为公正执法的吉祥物神羊獬豸，就赐予他引领。这羊体大如熊，毛绒如棉，当头一角，直如利剑。若遇到疑案，只要放出神羊，它就会以独角直抵那个无理的人，疑惑便会消除。旧时，监狱中供奉的狱神就是皋陶，汉代法官戴的帽子被称为獬豸冠。可见，皋陶在我国司法史上的崇高地位。

皋陶文化更是中华民族传统文化的瑰宝，是留给后人宝贵的精神文化遗产。皋陶思想也是儒家学术思想的重要源头之一，其"法治"与"德治"并重的司法思想与今天的"依法治国"和"以德治国"有着历史渊源关系。

皋陶的故事主要流传于晋南洪洞与安徽六安一带。有关文献见于《春秋·元命》《虞书·尚书》等史籍。《春秋·元命》中记载："尧得皋陶，聘为大理，舜时为士师。"《虞书·尚书》载："帝舜三年。帝曰，皋陶，蛮夷猾夏，寇贼奸宄，汝作士，五刑有服，五服三就，五流有宅，五宅三居，惟明克允。"《论衡》称："五帝、三王、皋陶、孔子，人之圣也"，把皋陶与尧、舜、禹并列。

据明成化版（1468年）《山西通志陵墓》中记载："皋陶墓，在洪洞县南十三里皋陶村，冢高五尺，周围十步，右有碑，其文剥落。"《洪洞县志》记载："皋陶故里，在县南十五里皋陶村，相传皋陶产此。或曰高阳也。有庙春秋祀焉。"

在今洪洞县甘亭镇有一士师村（现名皋陶村），位于洪洞县西南不远处。士师和皋陶都是这个村庄的名字。口头上叫皋陶，书面上写士师。以皋陶作村名是因为皋陶是村里的名人，以士师命名则因士师是皋陶的官职。至今村中祭祀皋陶的香火仍袅袅不绝。另有一说，皋陶封地在皋城，即今安徽六安市，皋陶最终病死六安，在六安城东有皋陶墓一座，为地方重点文物，受到人们隆重祭奠，当地建有研究机构，研究挖掘和弘扬皋陶文化。

（贾运真）

后稷教民稼穑的传说

后稷，姓姬，名弃，黄帝玄孙、帝喾嫡长子、尧王之弟，传说是周的始祖，也是中国农业生产的始祖。后稷出生于稷县，也就是今山西省运城市稷山县，被称为稷王。

后稷母亲是有邰氏女，名姜嫄，为帝喾之妃。传说姜嫄在郊野踩到巨人足迹怀孕生下他，以为不吉，先弃之不管，后见其不死，复又抱回抚养，因此起名为"弃"。

后稷在儿时，就喜种五谷麻菽，在母亲姜嫄的教诲下很快掌握了农业知识。长大之后，精于农耕。他看到人们仅仅靠打猎维持生活，食物太单调，常常吃了上顿没下顿，心里非常难过，就决心想个办法来保证人类能生存下去。他想着想着上了山坡，看到满山遍野的树木和花草，突然灵机一动，人们为什么总要渔猎吃肉呢？这些树木的果实、茎叶能不能吃呢？于是，他便决定亲口尝一尝各种野生植物的滋味，以确定哪些能吃、好吃，哪些不能吃或不好吃。遍尝百草，经历了九九八十一难，为人类找到了人量的食物,后被尊称为"农业始祖后稷"。汉族民间流传着一首歌谣:"神农后稷尝百草,不怕蛇咬狼挡道。死而复生不动摇,只为民众能吃饱……"

可是,后稷并不满足于这些发现,他看到人们为了找到可口好吃的植物,往往要走很远的路,累得满头大汗。他就想能不能在家门口自己种植呢?他反复思考、观察,惊奇地发现,飞鸟嘴里衔的种子掉在地里,人们吃完的瓜子、果核扔在地上,到第二年又发出新芽,长出新的瓜果树。后来他又发现植物的生长与天气、土壤有关系,就决定利用天气的变化和不同类型的土地,指导人们选育良种,有计划地进行农耕。相传后稷的精神感动了天帝,于是派神仙下凡送来百谷种子,让他为民造福,人类结束了茹毛饮血的生活。

"后稷讲学了,教咱种庄稼了!"周民一传十,十传百,教稼台前,农夫们或坐或立,黑压压一大片,静听着后稷讲解农业知识。他挥着手,又是比画,又是示范,每到兴奋处,还下台手把手教给人们农耕新法。人群中发出阵阵赞扬声。后来,后稷还在教稼台上号召并领导人们改进农具,开渠修堰,排水、灌溉,使田野一片绿油油。人们都夸后稷教民种的庄稼穗儿大、颗粒饱、产量高。后稷教民农耕,是远古时一位大农艺师。舜帝为了表彰他的功德,把广阔的有邰地赐予他。

后稷的传说主要流传于山西省运城市稷山、万荣一带。稷山县现存有最大的祭祀后稷的庙宇稷王庙、后稷陵。在运城市万荣县西薛李村也有后稷庙。

《史记·周本纪》和《诗经·生民》都详细记载和颂扬了后稷的功绩。根据记载，姬弃在稷山县南山一带发现谷粒，栽培种植五谷，后被尧王封为农师，舜王封为后稷，教民稼穑，人类历史上从此开始了农耕时代。为了纪念后稷的重大贡献，在隋朝时将他出生和教稼的地方改称稷山县，树艺五谷的那座山称作稷王山。

（崔楠）

台骀治水的传说

上古时代,烟波浩渺的汾河由北往南,至三门峡方向浩浩注入黄河。当时晋南一带由于地壳频繁运动,中条山不断隆起,致使汾河下游河道中断,河水四溢,排泄不畅,造成晋南大面积洪灾。三晋大地天连水水连天,一片汪洋。人们常说的"三山六水一分田"已不在眼前。地面大部为水占据,哪里还有一分田啊。除水面上呈现出的一些山头外,其余都是水的世界。山海之间的缓坡地四海一周宽不过一里,这哪里还有人们生存的地方啊?水成为严重威胁人们生命的祸患。治水就成了第一要务。

可在那个山林闭塞、恶劣危险、猛兽横行、恶龙霸海的年代,治水,谈何容易。可是台骀就在这个时候提出了排水以治水的方案。在他的三寸不烂之舌的说服之下,部落终于同意了,可这艰难的探险之路,是险是艰是恶,无人可知。

首次的探险终因许多困难放弃了,但重整旗鼓的台骀选择了水路前行,探察进行了好几天了,前边遇到了山涧,越走越窄,经打听前去没有出口，好多人生气地说"这次又白费劲啦"。台骀看到大家灰心的样子，就找了个避风港停下来让大家休息。在酒足饭饱之后，台骀组织大家进行商议，针对一些人的厌倦情绪台骀开始问大家，是继续干还是返回不干了。没有人敢说不干，只是感到没有头绪怕再次白费劲。台骀进而又问大家：谁知道排水口在哪里？这一问，没人答得上来，台骀又说："没人知道排水口的地方，我们现在做的一切为的就是不让后辈再受水患之灾，现在谁还想跟我走？"经过这一番教育，大家又重新开始了探索。

这次是北行，一天后，来到了汾河出山口，台骀一看有治水的利用价值，就继续北行。可终究是汪洋一片，但台骀并没有放弃，终于在和当地部落的合作下，在灵石口开凿山体，但排出的水还是影响了下游居民。台骀最终拿出了改造洮河扩大入黄河口的方案。此方案两者兼顾，使得上下游不再受水患之灾。

被授为玄冥师的台骀，经过长期艰苦地与洪水做斗争，九州涤陂，四海汇同，终于成功治水，以"汾水之神"誉满华夏。

台骀治水的故事流传于晋南汾河沿岸，相关文献见于《左传·昭公元年》："昔金天氏有裔子曰昧，为玄冥师，生允格、台骀。台骀能业其官，宣汾洮、障大泽以处大原，帝用嘉之。"

（元小雨）

精卫填海的神话传说

相传,精卫本名女娃,是炎帝的小女儿,随父亲炎帝在上党盆地①尝百谷、兴农耕。女娃是炎帝在上党所娶之夫人所生,所以在她的身上天然地注入了上党这块土地上所特有的坚韧意志和刚烈秉性。女娃向往东海,一直想去海上玩一玩,无奈炎帝公务繁忙,总是不能满足她这一要求,于是精卫就自己划了一艘小船,向着东海太阳升起的方向划去,只为一睹海上壮丽的风景。不料就在她尽情欣赏美景的时候,海面上刮起了大风暴,滔天的巨浪瞬间把她的小舟打翻了,女娃也掉进了浩渺的深海里,失去了年轻的生命。

关于女娃丧生东海,还有另一种传说,一天女娃出外游玩,看到龙王的儿子正在欺负别的小朋友,便站出来打抱不平,由于她自小勤于锻炼,体格强健,三下两下龙王的儿子便被打败,灰

---

① 位于今天山西省东南部,主要为长治、晋城两市。它是由群山包围起来的一块盆地。

溜溜地逃走了。龙王的儿子因此怀恨在心。后来有一天，女娃一个人去海里游泳玩耍，被龙王的儿子发现，准备在自己的地盘上好好收拾女娃。他现了形，要求精卫向他道歉。女娃不从，认为自己没有错，没必要道歉。龙王的儿子恼羞成怒，动用法力，在海上掀起了狂风恶浪，女娃来不及逃脱，就被淹死了。

不管是哪种说法，总之，女娃年轻的生命被大海吞噬了，于是死后的她变成了一只花脑袋、白嘴壳、红脚爪的小鸟，整日发出"精卫、精卫"的悲鸣，人们把它叫作"精卫鸟"。她痛恨无情的大海夺去自己年轻的生命，每天从发鸠山衔着小石子，或者小树枝，飞越遥远的距离，到达东海，把石子和树枝投入东海，发誓要将它填平，不让它继续危害人类。东海用它喧天的波涛和咆哮嘲笑着精卫似乎徒劳无功的努力，可这只看似微不足道的小鸟却日复一日坚持着，从不放弃。她衔呀，扔呀，成年累月，往复飞翔，从不停息。后来，精卫和海燕结成了夫妻，生出许多小鸟，雌的像精卫，雄的像海燕。小精卫和她们的妈妈一样，也去衔石填海。直到今天，她们还在做着这种工作。

人们同情精卫，钦佩精卫，因此关于她的故事广为流传，激励了一代又一代人。晋代诗人陶渊明曾在《读山海经》中写道："精卫衔微木，将以填沧海。刑天舞干戚，猛志固常在。"他把小小的精卫鸟和伟大的巨人刑天比肩，可谓高度赞誉。精卫的这种不畏艰险、勇往直前、百折不挠的奋斗精神，千百年来一直鼓舞着人们。大海浩瀚深远，而精卫的精神比大海更为伟大。

发鸠山上有一座灵湫庙，就是为纪念女娲而建，至今仍有人祭拜。在发鸠山主峰西北坡的森林里，有一座古坟，当地百姓称为黄姑坟，相传就是女娲的坟墓。当地人对于女娲的崇敬之情可见一斑。

精卫填海的故事流传于山西省长治一带，文献见于《山海经·北山经》。《山海经·北山经》中记载着一个精卫填海的故事，故事发生在"其上多柘木"的"发鸠之山"，这座山正是位于山西省长治市长子县城西 25 公里处的海拔 1646.8 米的发鸠山。其山形势险峻，蜿蜒南北，山上郁郁葱葱，云雾缭绕，颇有仙境之态。

（麻洁敏）

后羿射日的传说

史上留名的上古神话人物,共有两位名字带"羿"字的。一位生于帝尧时代的大羿;一位生于夏朝时代的后羿,属有穷部落。古籍记载的是羿弹日、大羿射日、后羿篡权。究竟是哪个射日,学术界有争议。后羿,又称夷羿,夏王朝第六任帝王,相传是夏王朝东夷族有穷氏的首领,同尧帝时代的羿一样,也擅于射箭。民间传说中是嫦娥的丈夫,射日的英雄。

当时,有十个太阳同时出现在天空,土地烤焦了,庄稼枯干了,人们热得喘不过气来,倒在地上昏迷不醒。一些怪禽猛兽都从干涸的江湖和火焰似的森林里跑出来,在各地残害人民。

人间的灾难惊动了天上的神,天帝常俊命令擅长于射箭的后羿下到人间,协助尧去除人民的苦难。后羿带着天帝赐给他的一张红色的弓、一口袋白色的箭,还有他美丽的妻子嫦娥一起来到人间,开始了射日的战斗。他从肩上取下白色的箭,一支一支地向骄横的太阳射去,顷刻间十个太阳被射去了九个,尧认为留下一个太阳对人民有用处，拦阻了后羿的继续射击。这就是有名的后羿射日的故事。

羿射九日，各落其所。羿第一次射中的，是最大的一只金乌，它应弦而降，落在现今临汾市西南，人们就把此地叫作平阳，即"太阳落于平川"的意思。尧帝认为平阳是块宝地，就把它立为中华第一都城。直到隋朝，平阳才改名为临汾。第二只被射中的金乌，落在了现今太原市西南的晋源镇，人们把此地叫作金阳。周朝初年，金阳附近住户大增，市井繁华，就作了晋国的国都。由于"金""晋"音同，金阳就称作晋阳了。也是到了隋文帝时，才改晋阳为太原。另传，有五只较小的金乌，落在了一处，即现今山西省襄垣县的五阳村——这里现已是潞安矿务局五阳矿的所在地，以上七只金乌，全落于山西。

至于其余两只金乌，都落在山西的邻省河南省，一为洛阳，一为安阳。洛阳原名落阳，即太阳落于此的意思。落阳城中横贯一条河名叫落河。因为落河的名字不吉利，所以三国时魏国人就将落河改名为洛河，落阳也就顺理成章叫作洛阳了。

羿神在射落九个太阳后，声名传得更远了，天公地母风伯雨师等都对他畏惧三分。那时，屯留（今长治屯留）十年九旱，田禾焦枯将死，农民盼雨望眼欲穿。羿神看到父老乡亲焦急无奈的样子，痛在心里，急在胸中。他重振当年射日的神威，一口气跑到三峻山上的最高峰，弯弓搭箭在手，向天大喊了三次，第一次喊道："风刮乌云来嘞，不来用箭射嘞！"风伯听了，怕被箭射伤，赶紧兴起一阵风,卷起一大片乌云,遮了屯留的天。羿神又喊道:"大雨来嘞,不来用箭射嘞!"雨师听了,怕受箭伤,不敢怠慢,迅速降下一阵大雨。羿神又喊道:"清风细雨来嘞,不来用箭射嘞!"果然狂风顿息,大雨变细,淋淋漓漓地整整下了三天三夜。屯留旱魔既驱,枯苗得雨,竟得了个大丰收。从此,人们把羿神尊称为山神。

直到今天,屯留还流传着"屯留无大旱,见苗三分收"的说法。

后羿射日的传说主要流传于山西省长治屯留县一带,文献出自《淮南子·本经训》。

(崔楠)

共工怒触不周山的传说

共工,又称共工氏,是中国古代神话中的水神,掌控洪水。相传共工也是人面蛇身。关于共工的神话传说有很多,其中最著名的一个神话传说是共工怒触不周山的故事。

传说,颛顼是黄帝的孙子,号高阳氏,他聪明敏慧有智谋,在民众中有很高的威信。他统治的地盘也大了很多,北到现在的河北一带,南到南岭以南,西到现在的甘肃一带,东到东海中的一些岛屿,都是他统治的地域。但是颛顼的统治极其残暴,还有很多不合情理的规定。如:规定妇女在路上和男子相遇,必须避让一旁。如果不这样做,就要被拉到十字路口暴打一顿。

在颛顼统治时期,自然界也出现了一些奇特的现象。那时在山林水泽之间,出了一些怪神。他们形状狞恶,性情凶暴,人们只要一碰上他们,没有不遭殃受害的。例如光山的计蒙神,是个人身龙头的怪物,常在山下一个大池子里游玩,每次进出池水,一定会起狂风下大雨。谁也不知道这些怪神是怎么来的。人们猜

想是颛顼派他们来监视人们，为的是怕人们不服从他们的统治，起来造反。更明显可见的，就是世间增加了许多恶禽猛兽。

残暴的颛顼，不但用他严酷的专制压迫着大地上的人类，同时也压迫着天上一部分他所不满意的神。与颛顼同时，有个部落领袖，称作共工氏。传说他是人首蛇身，长着满头的赤发，他的坐骑是两条龙。据说共工氏姓姜，是炎帝的后代。他对农耕很重视，尤其对水利更是精通，发明了筑堤蓄水的办法，人们称他为水神。共工氏不能顺从颛顼的意旨，因而受他的压迫也是最厉害。在治水一事上，二人矛盾很深。后来，共工再也无法忍受颛顼的威压了，就暗中约集同受压迫的众神，以自己为盟主，统领天兵天将欲推翻颛顼的统治。颛顼闻变，慌中不乱，钦点兵马，亲自挂帅，前去抵御共工的来袭。

据传这一战十分激烈，他们从天上打到地上，一直打到西北方一座称作不周山的山脚下，双方的军队还在那里鏖战不息。不周山山形奇崛突兀，像一根巨大的柱子直上云霄。其实它原本就是一根撑天的柱子。双方的军队在天柱下打得难舍难分，不分胜负。

共工见一时不能取胜，陡然怒气发作，猛地一头向不周山撞去。共工素来以身长力大闻名，不周山经他这么一碰，只听得轰隆哗啦一声巨响，霎时间拦腰断裂。

天柱碰断，整个宇宙就发生了一场大变动。西北的天空失去撑持，倾斜下来，使本来拴系固定在北方天顶的太阳、月亮和星星挣脱束缚朝着倾斜的西天跑，这就形成了今天我们所见的日月星辰的运行，解除了当时人们日夜永不变的苦难。另一方面，东南的大地受了崩山的剧烈震动，也陷下一个硕大无比的深坑，从此大川小河的水也都不由自主地朝那儿奔流去，这就形成了今天我们所见的海洋。颛顼所统治的宇宙，就这么给共工一怒摧毁，整个世界也顿然为之改观了。

这一传说在我国各地都有流传。据学者考证不周山为今日晋东南长治市长子县城西约二十五公里处的发鸠山，该山奇峭险绝，由三座主峰组成，犹如三尊傲立苍穹的巨人。有关文献见于《淮南子·天文训》："昔者共工与颛顼争帝，怒而触不周之山，天柱折，地维绝。天倾西北，故日月星辰移焉，地不满东南，故水潦尘埃归焉。"《列子·汤问》载："昔者女娲氏炼五色石以补其（天）阙，断鳌之足以立四极。后共工氏与颛顼争为帝，怒而触不周之山，折天柱，断地维，故天倾西北，日月星辰就焉地不满东南，故百川水潦归焉。"

（薛圆媛）

夸父逐日的传说

相传夸父族是大神后土传下来的子孙。后土是幽冥世界幽都的统治者,权力很大。后土生信,信生夸父。夸父族人住在北方一座称作"成都载天"的山上,一个个都是身材高大、力大无比的巨人。他们既勇敢坚强,又温和善良,爱替人打抱不平。他们族的首领夸父,却做了一件很让人吃惊的事情。

夸父有一天看见原野上的落日,突发奇想要去追赶太阳,将它捉住,让它永远都不会落下山,这样世界就可以永享光明,黑夜就再也不会来临了。想着想着,夸父就提起他的大长腿,迈开大步,向着西斜的太阳追去。追呀,追呀,跑呀,跑呀,夸父在原野上奔驰,快得像一阵风,一瞬间就已经飞跃千里,一直把太阳追到了禹谷。

禹谷,就是虞渊,是太阳落下的地方。这时太阳就在夸父的面前,又大又红又亮,它的光芒将夸父包围。夸父欢喜地举起双手想要把这个大红球捉住。但就在这个时候,他突然感觉到非常烦躁口渴。这是因为他离太阳太近，被灼热的太阳一直炙烤着，而且他跑了大半天了，所以口渴疲倦极了。

夸父只得暂时放弃了想要抓获的太阳，俯下身子去喝水。他一下子就把黄河、渭水里的水咕嘟咕嘟地喝干了，可是那种让人感觉烦躁难受的口渴还是没有止住。他想去喝大泽里的水，于是又朝北方跑去。大泽又称"瀚海"，在雁门山的北边，是鸟雀们生育幼儿和换羽毛的地方，纵横有千里宽广，一望无际，的确是个给巨人解除口渴的好去处。夸父朝着北方一直奔跑，他跑呀跑，口舌越来越干燥，身体也变得软弱无力，他最后终于支撑不住了，还没有跑到大泽便像一座山般轰然倒下了。夸父的倒地震动了大地山河，太阳就在此时也慢慢落入虞渊了。夸父遗憾地望着西沉的太阳，发出了一声长叹，他把手里拄的拐杖用力往前一抛，闭上眼睛就死去了。

第二天早晨，当阳光照耀大地的时候，倒在原野上的夸父已经变成了一座大山，山的北边，有一片绿叶茂密果实累累的桃林，那就是夸父抛出去的手杖变成的，人们后来称这片林子为"邓林"。

"夸父逐日"神话的文献记载最早见于《山海经·海外北经》和《山海经·大荒北经》，其次是《列子·汤问》和《博物志·史补》等。《山海经·大荒北经》中记载："大荒之中，有山名曰成都载天。有人珥两黄蛇，把两黄蛇，名曰夸父。后土生信，信生夸父。夸父不量力，欲追日景，逮之于禺谷。将饮河而不足也，将走大泽,未至,死于此。"《山海经·海外北经》中记载:"夸父与日逐走,入日。渴欲得饮,饮于河渭,河渭不足,北饮大泽。未至,道渴而死。弃其杖,化为邓林。"在《列子·汤问》中的记载与《山海经》大同小异:"夸父不量力,欲追日影,逐之于隅谷之际。渴欲得饮,赴饮河渭。河渭不足,将走,北饮大泽。未至道,渴而死。弃其杖,尸膏肉所浸,生邓林。邓林弥广数千里焉。"在《博物志·异闻》中"夸父逐日"神话的记载为:"昔夸父与日相逐走,渴,欲饮河渭,不足,北饮大泽,未至,渴而死。弃其策杖,化为邓林。"

(薛圆媛)

愚公移山的故事

上古时候，北山有一个名叫愚公的老人，已经九十岁了。他家门前有太行和王屋两座大山，进进出出都得绕道，十分不便。于是他就召集家里人商议说："这两座大山太可恶了，挡住了我们进出的道路，我们大家把它铲平好不好？"

愚公的子孙们都说好。愚公的妻子听说一家人要去搬山，有些怀疑，就对愚公说："算了吧，你年纪都这么大了，就凭你的力量连魁父那么点大的小土坡都搬动不了，你又怎么能搬动太行和王屋两座大山呢？就算你能搬动它们，那些泥块石头又要往哪里放呢？"愚公的儿孙们听见了，就纷纷说："担到渤海边上去倒就完事了！"

看到大家都赞成，搬山的工程就决定了。于是凿石头的凿石头挖土的挖土，愚公率领着能挑担的三个子孙来回将土石运往渤海边上。邻居京城氏的寡妇有个遗腹子，只有七八岁，看见大家干活干得很起劲，觉得有趣，也蹦蹦跳跳跑去帮忙。搬泥土到渤海去的人，一去就是大半年，冬夏换季，才能往返一次。

河曲①智叟看见他们这么辛苦，就笑着去劝愚公说："哎呀，你太不聪明了，像你这样风烛残年的老人和那么点力气，连大山的一点皮毛都损毁不了，你又能把大山上的土石怎么样呢？"

愚公长叹一声说："你的思想太顽固了，没有一点见识，连寡妇和小孩子都不如。你就不知道，即使我死了，我儿子还在，儿子死了有孙子，孙子又会生儿子，孙子的儿子还有儿子，山又不会再长高。我们子子孙孙世世代代地干下去，还怕这山挖不平吗？"河曲智叟被愚公说得张口结舌，无言以对。

愚公这话恰巧被天上一个手里握蛇的神听到了。他怕他真的这样不停地干下去，就将这件事情报告给了天帝。天帝听了很吃惊，但也被愚公的精神所感动，就决定帮愚公一把。天帝于是便派了大力神夸娥氏（其实就是夸父氏）的两个儿子去把愚公门前的两座大山背走。一座放到了朔东，一座放到了雍北。这两座大山本来是连在一起的，从此就天南地北地分在两处了，冀州的南部，汉水的南岸，再也没有山冈高地阻隔了。现在的太行山在山西和河北之间，王屋山在山西阳城、垣曲与河南济源之间。

"愚公移山"的故事见于《列子·汤问》。

（薛圆媛）

---

① 今山西省芮城县西。

舜命夔制典乐的传说

夔是尧、舜的臣子,精通音律。尧在位时,以仁治国,注重礼仪教化,就命夔制作典乐,教化百姓。夔仿效山林中溪谷叮咚的声音,击打石头发声,响起的音乐十分美妙动听,不仅尧和大臣们听了满心欢喜,就连周围的群兽闻到乐声也跟着一起跳舞。后来舜帝继位,定都蒲阪①,也非常器重夔,命他掌管音乐教化。夔修编了《九招》《六列》《六英》等乐章,以彰显舜帝的美德,以教化年轻人。

他还创制了韶乐,同样悦耳动听、精美感人。孔子曾说"闻韶乐者三月不知肉味",可见韶乐是多么令人沉醉。运城当地传说夔曾在舜都演奏过韶乐,当时音乐娓娓动听、余音袅袅,令人沉浸其中不能自已,还引来大批凤凰从天而降。凤凰还随着音乐的节奏聚集在空中徘徊不愿离去,情景蔚为壮观,人们都拍手称

---

① 位于今山西省永济市。

奇,因而运城也得名"凤凰城"。

有关夔制典乐的文献见于《吕氏春秋·古乐》:帝尧立,乃命夔为乐,夔乃效山林溪谷之音,拊石击石,以象上帝玉磬之音,以致舞百兽。……(舜立)乃令夔修《九招》《六列》《六英》,以明帝德。

除了运城"凤凰城"的传说跟夔有关外,《山海经·大荒东经》记载:"东海中有流波山……其上有兽,状如牛,苍身而无角,一足,出入水则必风雨。其光如日月,其声如雷,其名曰夔。黄帝得之,以其皮为鼓,橛以雷兽之骨,声闻五百里,以威天下。"

有学者认为尧、舜的臣子夔可能就是神话东海流波山上的动物"夔"的演变。夔以敲打石头而创造出乐章,率领百兽起舞的故事,有着神话演变的痕迹①。

(杨海玉)

---

① 见袁珂所著《中国神话传说词典》相关条目。

巫咸造鼓的传说

在山西民间，人们传说巫咸是鼓的发明者。巫咸和夔都是尧、舜时期的宫中乐官，夔原本是头身形像牛的动物，他剥了自己的皮让巫咸拿去制成鼓，一敲就会发出很大的声响。有了乐器之后，他才逐渐发明了音乐，所以夔是音乐之神，而巫咸就成了鼓的发明者。

我国南方地区有传说在舜帝时代，巫咸和夔都是舜帝的战将，在同蚩尤对战中，舜派夔作为前锋大将，夔却因为被妇人纠缠，沉溺其中，没有注意听作战的号令，延误了战机导致大败。舜知道后一怒之下杀了夔，另外命令巫咸当将军。巫咸把夔的皮包在空心木桩外，做成了鼓。用夔的骨头敲鼓，声音好像打雷一样响，全国上下都能听到鼓声。鼓声使蚩尤闻声丧胆、一败涂地。舜帝为表彰夔的忠心和功劳，就把夔曾经战斗过的地方封为夔山，也就是当今三峡的夔门。巫咸死后又把夔门之东的灵山封为巫山，夔门、巫山之名一直沿用至今。

在专门记载各代制作发明的先秦古籍《世本·作篇》中，记载了许多音乐和乐器的发明者，其中说到"巫咸作鼓"：伏羲造琴瑟，女娲作笙簧，随作竽笙，神农作琴作瑟，伶伦作律吕并首创磬，垂作钟，巫咸作鼓，毋句作磬，舜作箫，夔作乐。另有记载的制鼓者则是玄女："黄帝伐蚩尤，玄女为帝制夔牛鼓八十面，一震五百里，连震三千八百里。"

巫咸制鼓的传说流传于晋南一带，故事内容应是根据多种典籍中的记载融合而成的。在现实生活中，山西锣鼓的确是很出名的，尤其是在传说中的尧都平阳（现在的山西临汾市）、舜都蒲坂（现在的山西运城永济市）和禹都安邑（现在的山西运城市夏县），如今是锣鼓敲得威震天下。2006年5月20日，晋南威风锣鼓经国务院批准列入第一批国家级非物质文化遗产名录，临汾也被誉为"锣鼓之乡"，威风锣鼓被誉为"天下第一鼓"。如今临汾市尧都区就建有壮丽气派的锣鼓大桥。

目前已知最早的一批原始鼓，也是在山西的古都之地发现的。1980年考古工作者在临汾市襄汾县陶寺村的六座墓中发现了七具用鳄鱼皮蒙制的"灵鼍之鼓"。这个墓大约是四千二百年前的古人类墓葬，出土的这些鼓有着夏代木鼓制作的遗痕，就是用挖空了的树干做鼓腔的。

（杨海玉）

董父豢龙的传说

晋南一带流传着"董父豢龙"的传说。据说,董父是舜的龙师,帮舜驯养龙。董父是个奇人,能文会武,还会腾云驾雾,他最拿手的本领是养龙。他在董泽湖里养了很多龙。它们都被董父驯服得像家畜那么听话。天旱的时候,董父就叫它们出去降下甘霖;到了夏天又管住它们,只能老实待在湖里,不准出去兴风作浪、招惹是非。董父养龙养得好,逐渐在民间声名鹊起。蒲坂(现山西省永济市)的舜帝就主动请他去当宰相,之后董父就开始一边处理朝政,一边养龙,不仅把天下治理得太平安乐,也把龙养得温顺老实。

随着董父渐渐老去,胃口不好了,身体也发僵了。为了更好地去照顾他养的那几条龙,董父就上疏奏请舜帝准他告老还乡。舜念旧情,舍不得让他走,他就跪下来张开嘴,让舜帝看他口中所剩无几的牙齿。舜帝见他年迈体弱、一心辞官,只好答应了他的请求。但选了新相之后,舜帝暂时没让他离开朝廷,说是年轻人办事能力不足，遇到疑难之处还需他随时指导才行。

直到某一年的春天大旱、秋天暴雨成灾，董父觉得是养在董泽湖里的龙出了问题，便以此为由再次请求辞官还乡。舜帝带着满朝文武大臣送董父出了都城，挥泪而别。董父回到董泽里一看，果然不出所料：老龙无力管束小龙，小龙们失去调教，胡乱折腾，就造成了天气异常的灾害。董父十分生气，不顾年老体衰，不分昼夜去驯服这些小龙，还把自己的儿孙们都叫上，跟着他学习养龙、驯龙的本领，过了一段时间终于把小龙们驯养得老老实实，全国上下都恢复到了风调雨顺的状况。

之后，舜帝御驾亲临董泽里，到了董府，董家的儿孙前来接驾，唯独不见董父。舜便问：老宰相去哪里了？人们回答说是他在湖里昼夜调教小龙，顾不上回家。舜听后很感动，亲自前往湖边看望董父。而此时，湖里有一条老金龙，远远看到舜帝前来，便对董父说："老宰相，你看我们两家的儿孙都长大成才了，不需我们再操心，你就和我一同到天上去享享清福吧！"等到舜帝驾临湖畔时，就看到湖中波涛翻滚、浪花四溅，突然间就飞起一条数丈长的金龙，扬首摆尾，金光闪闪夺目。董父坐在龙的脊背上，向舜帝拱手告别，飞升上天去了。

有关"董父豢龙"的故事早在《左传·昭公二十九年》中就有"龙见于绛郊"的记载，绛郊就是现在的山西运城市新绛一带，那里是古晋国的都城。《左传》不仅记载有"龙见于绛郊"的故事，还记下了"舜帝畜龙"的故事。蔡墨对魏献子说："昔有飂叔安，有裔子曰董父，实甚好龙，能求其耆欲以饮食之，龙多归之，乃扰畜龙，以服事帝舜，帝赐之姓曰董，氏曰豢龙，封诸鬷川，鬷夷氏其后也。"

鬷川就在现在山西省闻喜县境内。闻喜县的东边有一条天然的大湖泊，水域辽阔、烟雾朦胧。据说，龙只喝甘泉水、只在有灵气的水域中休息，于是董父当年便依水而居。鬷川也改名叫董泽湖。如今的董泽湖，也叫豢龙池，属于东镇仓底村。仓底村原先叫"董泽里"，就因为它在董泽湖畔，仓底村现在还存有董父庙遗址。董泽湖西边有个地方叫"营里村"，原名"豢龙庄"。

（杨海玉）

仪狄酿酒的传说[1]

仪狄是大禹的臣子。传说有一天,仪狄到深山里打猎,希望能够打到山中的珍奇美味进献给大禹。他偶然看到一只猴子在喝了一种发酵的汁液后就醉倒了,这引起了仪狄的好奇。他亲自品尝了猴子喝过的东西,发现原来是桃子流出来的液体。喝完之后他就觉得浑身发热,还十分轻松舒服。仪狄就想:"这种汁液味道奇特,喝后还让人舒服到忘掉烦恼,太神奇了,难道是神仙之水?"

之后仪狄决心自己制作这种汁液,不过在喝第一次造出的液体后,他差点吐出来,原来是酿出来的汁液还没有经过"发酵"这个步骤,跟馊水差不多。经过不断试验,仪狄终于酿造出美味又好喝的被称为"酒"的东西。

---

[1] 仪狄酿酒的故事不单只在山西古都之地有流传,在山东、河南等酿酒名地也有关于仪狄酿酒的类似传说。本篇主要参考《战国策》《禹城与大禹文化文集》。

大禹打败共工后，决定举行盛大的庆功宴表彰有功将士，大禹就吩咐仪狄把新酿的酒拿出来款待大家，喝过酒的人都觉得这是人间美味，不亦乐乎。结果第二天该上朝的时候，所有大臣在殿堂从天未亮一直等到中午，都没见到大禹上朝议事。因为前一天大禹喝得太多了，醉倒后一直在睡觉。等大禹清醒后上朝，他就说："后世一定会有因为喝酒误国的君王，大家要对此事引以为戒。"从此大禹不再喝酒，也逐渐疏远了仪狄。

这个传说同《战国策·魏策二》中的记载大同小异："昔者，帝女令仪狄作酒而美，进之禹，禹饮而甘之，遂疏仪狄，绝旨酒，曰'后世必有以酒亡其国者'。"

据考证，仪狄造酒说最早是出现在先秦古籍《世本》中的。《世本》是辑录古代帝王公卿谱系的书，其中有专门记载各代制作发明的《作篇》，书中记载："仪狄始作酒醪，变五味""少康作秫酒"。认为仪狄是酒的始做人，这是目前能找到的关于仪狄酿酒最早的记载。《战国策》中把仪狄造酒的故事又完善丰富了许多，说的是大禹的女儿，命令仪狄去监造酿酒。仪狄经过一番努力，酿出来了美酒。大禹喝了之后，觉得的确很甘美。可是大禹不仅没有奖励造酒有功的仪狄，反而疏远了他，因为大禹表示后世一定会有因为饮酒误国的君王。

历史上大禹的国都在今天晋南地区，所以在山西运城一带人们对仪狄造酒的故事还津津乐道。不过国内还有其他地区也有仪狄造酒的传说，在细节方面有些不同。河南省宝丰县商酒务村宣称是仪狄的故乡，当地还组织举办过酒祖仪狄文化节。山东禹城地区的人们认为大禹是在治水期间建造了禹城，仪狄酿酒的故事是发生在禹城的。当地人传说仪狄随大禹治水，目睹大禹日夜操劳、身体疲惫消瘦，就想给大禹进献一种饮品，让大禹补养身体。仪狄遍访民间制醪（古代一种渣汁混合的酒）的方法，选用优质的大米和甘泉水酿出了滋味更美好的酒。但是大禹喝过后因醉酒误了国事，就下令仪狄不准再酿酒了。

（杨海玉）

乐师师旷的传说

师旷是我国史书中具有确切记载的伟大音乐家，他的事迹铭刊史籍，历代称颂，被称为我国音乐界的鼻祖。中国古代最负盛名的琴曲《阳春》《白雪》《玄默》等，相传为师旷所作。他还能辨鸟声，相传中国最早的鸟类学著作《禽经》也是他撰写的。师旷，又名瞽旷，字子野，生于公元前五百多年前春秋后期的晋国。师旷的视力丧失，自称"盲臣""瞑臣"，但是他的"耳聪"尤为著名，战国两汉时诸子辩论著文，即多以"师旷之聪"为喻。师旷的故里在今山西省洪洞县曲亭镇的师村，那里曾经建有他的墓地和庙宇，可惜毁于日寇的战火，但遗迹尚存，周围二百九十余株柏树高耸挺拔，令人肃然起敬。关于师旷的传说故事有很多，这里只说一些著名的。

故事一

师涓是卫国知名的乐师，有一次他跟随卫灵公前往晋国，中途在濮水边上露宿。到了晚上，卫灵公听到了一曲优美动听的民间琴乐，琴声哀怨感人，如泣如诉。卫灵公以为是神鬼在鼓奏，就命令师涓记下曲谱练习。后来到了晋国，晋平公在施惠之台置酒招待卫灵公，卫灵公就说起途中听到乐曲一事，提出让师涓为晋平公演奏曲。晋平公特别喜好音乐，一听大喜，就让师涓坐在师旷旁边演奏。对于师涓演奏的这种来自濮水一代的乐曲，师旷并不陌生，但是他觉得美妙动听的乐曲对于君主来说并没有什么好处，尤其是对于喜欢音乐的晋平公，他一旦听过了这样的曲子就会沉迷进去，不顾国事，长此下去，对于国家非常有害。所以，没等师涓演奏完毕，师旷就抚琴阻止了他，并说这是亡国之音，不能把它演奏完。晋平公就询问师旷曲子的来历。师旷说："这首曲子是师延为商纣王作的靡靡之音。武王伐纣后，师延向东逃走，在濮水中投水而死，所以这样的曲子必定在濮水边上才会听到，久听这样的曲子国家就会削弱。"师旷有意给新曲添上鬼神色彩，用来告诫晋平公，不想晋平公却不听劝，坚持让师旷把曲子奏完，而且还命令师旷演奏更胜一筹的"悲"曲。师旷不得已，在反复劝告平公以后，当场演奏了两首曲子。据说，一曲引来玄鹤二八，延颈而鸣，舒翼而舞；一曲则白云西起，风至云随。结果，晋平公被吓出了一场大病。

晋平公爱好音乐，不惜重金，命人铸造了一口大型乐钟，完工后，召集国中的乐师前来鉴定。乐师们都说音准，唯有师旷说不准，主张把它销毁重新铸造。晋平公觉得已经辛辛苦苦铸造成了，而且乐师们都说音准，就不听师旷的话。师旷就说："后世如果再有懂音乐的人听出来这口钟不准，而国君您又没有调整它，我真替您觉得羞耻。"后来卫国的著名乐师师涓来到晋国，也听出了钟的音不准，证实了师旷的看法。

故事二

师旷不仅精通音乐，而且博学多识，通古知今。著名的政治家晋国执政者叔向曾经出使周朝，跟十五岁的太子晋会谈，两人辩论了很多次，叔向每次都是输。叔向感到周朝出了年少有为的贤才，连自己都不是他的对手，非常沮丧，心灰意冷。回到晋国后，叔向就劝晋平公把晋国所占的周朝田地还给周朝。师旷早就听说过太子晋的大名，很想去会会他，于是请示了晋平公后就去了周朝。太子晋听说师旷来了，又高兴又害怕，因为著名的师旷是他的偶像，但是又怕自己年少无知在名人面前出丑，他非常慌乱，结果搞得风度尽失。师旷却态度雍容，特别谦虚。他们两人吟诗鼓琴，说古论今，谈得非常投机，太子晋对师旷非常敬佩。师旷临走时，太子晋送了他乘车四马。师旷文雅多才、谦谦君子的风度，给周王室留下了深刻的印象。

晋平公十五年的时候，晋悼夫人招待众人就餐，其中有一位头发胡子都白了的绛县老人。有人问他有多大了，他就回答说他出生于正月初一，恰好为甲子日，已经过了四百四十五个甲子日，最后一个甲子日到癸未正好是三分之一甲子日。中国古代用十天干和十二地支相配纪日，六十一循环，开头为甲子，最后为癸亥，每过一甲子可以看作六十天，照这样算下来，可以得出绛县老人已经七十三岁了。在当时，人们都对老人的话感到莫名其妙，连在场的官吏都一塌糊涂地算不过来，没有一个人能算出老人的年龄，于是人们就到朝廷里去请教。师旷一听，不仅立刻算出了老人的年龄，而且还信口说出了在老人出生那年天下所发生的一些大事及其细节，显示了深厚的历史知识和惊人的记忆力。当时鲁国的使者恰好在晋国，回国后就把这件事情告诉了鲁国的大夫季武子。季武子感叹地说："晋国有了师旷这样的人物，我们可不能轻慢呀，只有和晋国搞好关系才能保住我们鲁国的平安呀！"

故事三

师旷在卫国投师学琴，晋悼公派使者迎接他回国。有一天，晋悼公想请师旷弹一首悲壮的乐曲来听，师旷怕他听了伤心，就不愿意弹。可是晋悼公坚持要听，师旷只得从命弹奏。师旷弹琴的时候，轻拢慢捻，未成曲调先有情。随着乐曲的变化，天色阴暗，乌云四起，店外的仙鹤都发出悲哀的啼鸣。一曲未了，风雨交加，晋悼公也难过得直掉眼泪。晋悼公听过此曲后，第二天就病倒了，医药无效，只得又把师旷请来。师旷说："我再给主公弹奏一曲，您很快就会康复的。"说着就灵巧地拨动琴弦，琴声如流水，汩汩流淌，滋润心田，忽而婉转低回，忽而激越昂扬，把晋悼公面对强敌的苦闷和渴望富国强兵的雄心壮志都淋漓尽致地描绘了出来。晋悼公听得心旷神怡，当下就下床了。

晋悼公封师旷为乐师，每天都要听他演奏，碰到国家大事也不耻下问。过了不久，楚国出兵侵犯晋国，晋悼公亲自率领大军迎战，双方血战多日，相持不下。一天深夜，师旷听见楚国营地隐约传来笛声，便打开窗户仔细倾听。听完后，他让妻子搀扶着去见晋悼公，说："楚军军心涣散，请主公明日挥师决战，一定会大获全胜。"晋悼公半信半疑地问："先生怎么知道呢？"师旷说："乐声可以知吉凶。楚国营地的笛声颇有怨恨之意，思乡之情。"晋悼公听了他的话，果然一举打败了楚国。从此，晋国威名远震，悼公死后，晋平公当上了霸主。

故事四

有一天，晋平公问师旷："我已经七十岁了，可是我还想学习，恐怕已经太晚了吧？"师旷听了就反问晋平公道："既然晚了，为什么不点起蜡烛呢？"晋平公认为师旷答非所问，气愤地说："我讲的是正经事，你怎么却跟我开起玩笑来了，哪有做臣子的跟君主开玩笑的道理呢？"师旷解释说："我这个瞎了眼的臣子哪里敢跟君王开玩笑呢？我听人说过'少而好学，如日出之阳；壮而好学，如日中之光；老而好学，如秉烛之明。'蜡烛的光亮尽管远远比不上太阳，但是有了这点光亮，岂不是比在黑暗中探索强得多吗？"晋平公听了，点头称赞道："你说得真好！"

又有一天，晋平公跟群臣们在一块儿饮酒，洋洋自得地说："最快乐的莫过于当国君，我的话没有一个人敢不听。"师旷在一旁听了这话，非常生气，立刻停止奏乐，操起琴来，就向晋平公打去。晋平公敞开衣襟，急忙躲开，没有让师旷打着，琴却砸在墙上碰坏了。晋平公很生气，问师旷说："你怎么敢这样？你是要撞谁？"师旷赶忙掩饰说："如今有小人在你身旁胡言乱语，所以我要用琴撞他。"晋平公说："你撞的是寡人呀！"师旷叹息地说："这不是当国君的应当说的话。"

师旷的胸怀坦荡，刚正不阿，不畏强权，伸张正义，直言谏君的行为一次又一次地顶撞冒犯了晋平公，必然会受到打击报复。最后终于被无辜革职，回到故乡。他虽然年近古稀，却并没有心灰意冷，反而把气愤变成了力量。他说自己不能老了就无所作为，他要在晚年不遗余力地将自己的技艺贡献给广大的人民群众，了却自己平生的心愿。于是，他给百姓创立了鼓乐班，以吹打为生。据说晋南的同乐会鼓乐班，就是在这个时候创建的。鼓乐班成立后，为大臣和豪门贵族寿诞喜庆效劳时，在院外门前演奏。有些不忘旧情的大臣，觉得曾经与师旷同操国事，不忍心让他亲自吹打,但是又爱听师旷的音乐,再三请他同乐人们进到院子里坐在前面演奏,可是师旷却不肯。他说:"人穷志不穷,不愿意在官人面前献殷勤,不愿意在富人锅下捡米吃,不在他们跟前吹打演奏。在外面吹打演奏,可以招来广大庶民百姓,让他们亲眼看吹打,亲耳听演奏,欣赏我的音乐。"于是,师旷和乐人们一直在大门外或者影壁前吹打。随着鼓乐班的沿袭相传,吹鼓手不进院子里吹打,便成了晋南民间的一种风俗习惯。

(薛圆媛)

吴刚月宫伐树的传说

吴刚又叫吴权,是西河人(今山西汾阳一带)。炎帝之孙伯陵,趁吴刚离家三年学仙道,和吴刚的妻子私通,还生下了三个孩子,吴刚一怒之下杀了伯陵,因此惹怒炎帝,把吴刚发配到月亮,命令他砍伐不死之树——月桂。月桂高达五百丈,随砍即合,炎帝就是利用这种永无休止的劳动作为对吴刚的惩罚。

而吴刚的妻子对丈夫的遭遇亦感到内疚,命她的三个儿子——一个叫鼓、一个叫延、一个叫殳斨,飞上月亮,陪伴吴刚。叫鼓的变成了蟾蜍,叫延的变成了小兔,叫殳斨的变成了蛇。从此殳斨开始制作箭靶,鼓、延开始制造钟、磬,制定乐曲的章法。所以寂寞的广寒宫时常仙乐飘飘。

吴刚每天伐树不止,千万年过去了,那棵神奇的桂树依然如旧,生机勃勃,每临中秋,馨香四溢。吴刚知道人间还没有桂树,他就准备把桂树的种子传到人间。

古时候在杭州的两项山下,住着一个卖山葡萄的寡妇,她为人豪爽善良，酿出的酒，味醇甘美，人们尊敬她，称她仙酒娘子。一年冬天，冰封雪冻，清晨，仙酒娘子刚开大门，忽见门外躺着一个骨瘦如柴、衣不遮体的中年男子，看样子是个乞丐。仙酒娘子摸摸那人的鼻口，还有点气息，就慈心大发，也不管别人怎么议论她，把他背回家里，先灌热汤，又喂了半杯酒。那汉子慢慢苏醒过来，激动地说："谢谢娘子救命之恩。我是瘫痪人，出去不是冻死，也得饿死，你行行好再收留我几天吧。"仙酒娘子为难了，因为常言寡妇门前是非多，像这样的汉子住在家里，别人会说闲话的。可是再想想，总不能看着他活活冻死、饿死啊！于是点头答应，留他暂住。果不出所料，关于仙酒娘子的闲话很快传开，大家对她疏远了，到酒店来买酒的人一天比一天少了。但仙酒娘子忍着屈辱，尽心尽力照顾那汉子。后来，大家都不来买酒，她实在无法维持，那汉子也就不辞而别，不知所往。

仙酒娘子放心不下，到处去找，在山坡遇到一位白发老人，挑着一担干柴，吃力地走着。仙酒娘子正想去帮忙，那老人突然跌倒，干柴散落满地。老人闭着双目，嘴唇颤动，微弱地喊着："水、水……"可荒山坡哪来水呢？仙酒娘子咬破中指，顿时，鲜血直流，她把手指伸到老人嘴边，老人忽然不见了。一阵清风，天上飞来一个黄布袋，袋中贮满许许多多小黄纸包，另有一张黄纸条，上面写着："月宫赐桂子，奖赏善人家。福高桂树碧，寿高满树花。采花酿桂酒，先送爹和妈。吴刚助善者，降灾奸诈猾。"仙酒娘子这才明白，原来这瘫汉和担柴老人，都是吴刚变的。这事一传开，远近都来买仙酒娘子的桂花酒。大家都很感激仙酒娘子，是她的善行，感动了月宫里管理桂树的吴刚大仙，才把桂子洒向人间，从此人间才有了桂花与桂花酒。

吴刚的故事在山西主要流传于山西汾阳一带。有关文献记载见于唐段成式《酉阳杂俎·天咫》："旧言月中有桂，有蟾蜍。故异书言月桂高五百丈，下有一人，常斫之，树创随合。人姓吴，名刚，西河人，学仙有过，谪令伐树。"

（元小雨）

龙子的传说

在山西长治,有一座五龙山,有关五龙山,流传着一个美丽的传说。相传,东海龙王有五个儿子,他们个个有才有德,有爱民的慈心。有一天,五个太子突发奇想要去人间游玩一番,见识一下人间风貌。结果到了凡间,却看到了一幅满目疮痍、民不聊生的图景,大地上寸草不生,土地龟裂,怨声载道,百姓痛苦不堪。龙子们见到此情此景,受到了很大触动,便找了一个老乡,关切地上前询问这是怎么回事,老乡却说是因为此地已经一年没有下雨了。眼前的惨景和老乡的话语都让龙子们如鲠在喉,实在没有兴趣继续游玩,悻悻地回到了龙宫里。他们向父王禀告了这件事,本想让会施法下雨的龙王帮老百姓下一场及时雨,结果龙王却因为他们私自外出而勃然大怒。龙王说:"民间之事,自有天帝去管,诸神不可以随便干涉,你们跟着瞎掺和什么?不经过我的同意,私自出宫,成何体统?"几句话说得龙子们哑口无言,没想到父王会是这样的反应。

既然父王那边不能帮忙,那善良的龙子们也不能眼睁睁看着人们饿死、渴死,只能自己想办法去拯救民间的疾苦了。他们聚在了一起准备商量对策。突然大太子心生一计,他把想法一说,其他兄弟都拍手称快,纷纷赞同。原来他提议用他们五个人的法力去为老百姓下雨,不管要受到怎样的责罚都愿意承担后果。

当天晚上,五位龙子又悄悄溜出宫去,登上云顶,使尽了五个人的法力,为干渴了一整年的庄稼和人民下了一场救命的雨,然后筋疲力尽的五兄弟回到了龙宫。

但是龙子私自下雨的事毕竟瞒不住,玉帝很快知道了这件事,他非常生气,当即召集所有雨神和龙王开会责问此事,他说:"下雨之事自有天命注定,哪个胆大包天,竟然私自降雨,命你们从实招来!"众神看着盛怒的玉帝,面面相觑,纷纷下跪说自己不知道此事。正在这时候,土地神慌忙走了进来,战战兢兢地向玉帝禀告:"启奏陛下,微臣已查明私自降雨之事,原是东海龙王的五位太子所为。"玉帝便转而责问东海龙王:"是你儿子做的好事,你有何话说?"东海龙王连连跪拜:"微臣管教不严,是臣的罪过,可是降雨之事,老臣实在不知呀,望玉帝明察。"玉帝看龙王确实不知情,便宣来了五位龙子,厉声喝道:"你们五个大胆狂徒,知道自己犯了天条吗?私自降雨,该当何罪?"没想到五位龙子镇定自若,不仅不跪拜,而且正气凛然,毫无惧色,大声说道:"一年不降雨,生灵涂炭,民不聊生,这就是所谓的天条吗?如果这就是天条,我们犯了就犯了,我们不会眼睁睁看着人们饿死。就算拼了我们五兄弟的性命,我们也要救民于水火,降下这场喜雨。玉帝若要责罚,那就请便吧。"一番话说得众臣全都默不作声了,玉帝龙颜大怒,要召唤侍卫把五位龙子押送到南天门斩首。南海龙王见形势严峻,忙站出来帮龙子们求情:"玉帝,臣斗胆说一句,东海龙王向来德高望重,忠心耿耿,玉帝此举便是要断他的香火,永绝后嗣,恐怕不妥,望玉帝再加斟酌。"其他神仙听到这话,也纷纷跪下为龙子们求情,玉帝的气愤这才稍稍消解了些许,愤愤道:"死罪可免,活罪难逃,把他们五个拿铁链锁上,贬下凡间。"

从此,五位太子便到了人间,风吹日晒,受尽磨难,久而久之,五位太子便慢慢化作五座大山,这便是今天的"五龙山"。

龙子的传说流传于山西长治一带。文献主要见于《长治县志》。

据光绪《长治县志》记载,东晋十六国时候,西燕慕容永路过五龙山,登高远眺,见到天上的五色云团形成了五条巨龙,在天空中飞腾翻滚,顿时大雨倾盆。慕容永觉得此地有帝王之气,便决定建都于五龙山附近的长子县,并在五龙山设立了五龙祠,以纪念龙子们的功绩,并且每年都要举行祈雨仪式,祭拜供奉。

(麻洁敏)

乐氏二仙女的传说

乐氏二仙女是商朝微子的后裔，姓名不存①，唐朝德宗年间生于陵川，后随着父亲移居到了壶关紫团山一带。

二仙的父亲叫乐山宝，母亲是杨氏。乐山宝是一个郎中，医术高明，走乡串村，治病卖药，治好了不少百姓的伤寒杂症。相传，二仙女是感神光而出生的，老大出生的日子与释迦牟尼的相同，老二出生的日子又正好是释迦牟尼当太子时四门出游②的日子。二仙女生来就与众不同，不同于一般小孩，她们七岁才开始说话，但是讲话合乎逻辑，做事情有章法，知道分寸。当时就有一些通晓阴阳的人说她们是仙风道骨。母亲杨氏在二仙女还是孩童的时候就病死了，父亲担心幼小的孩子没有人照顾，就续弦娶了李氏。可是，李氏生性毒辣，凉薄无情，经常虐待姐妹俩。尽

---

① 据说一名叫乐舒，一名叫乐怡，但其传说与二仙女传说有明显不同。
② 又叫四门游观，即释迦牟尼未出家时，从迦毗罗城四门出游，碰上生、老、病、死人生四种处境，怜惜众生悲苦，由此坚定了他出家修行、寻求解脱真理的决心。

管如此，姐妹俩仍然像侍奉亲生母亲一样对待李氏，任劳任怨。没想到，李氏却变本加厉起来，冬日让姐妹二人去外面采苦苣。冰天雪地里，看不见一棵苦苣，姐妹二人悲伤哭泣，眼泪流尽，竟泣血而出，斑斑血泪浸入土中，雪地里长出了苦苣。二人捡拾了一筐回家，李氏仍然不满意。再一年的六月十五，李氏又命二人去拾麦穗，二人没有拾得一点儿麦穗，害怕回去李氏斥责打骂，不敢回家，向天哭诉。姐妹二人的德行感动了上天，忽然，天降黄龙，载着两人飞升而去，直奔仙界。

当地的百姓见姐妹二人已经飞升成仙了，就修建了庙宇来供奉二人。之后，百姓们来庙里祈雨抗旱、疗病求子，都非常灵验。又过了三百余年，到了宋朝崇宁年间。当时宋朝和西夏正在打仗，宋军的兵马路过二仙女的庙，粮草不够又没有后援，困在当地走不了。忽然有两妇人出现，所带饭食水浆虽然仅仅一箪一壶，可人人饱餐之后，还有剩余。军中知道这是碰上了神仙，马上派人禀奏了宋徽宗。宋徽宗当即下旨意，封长曰"冲惠"，少曰"冲淑"，并赐庙号"真泽"，这也就是二仙庙正式名称为何叫"真泽宫"的缘故。

真泽宫，俗称奶奶庙，现存于山西省壶关县神郊村。二仙的传说除了在壶关一带流传外，在屯留县也被人们广泛传说，而且在县城北关每年农历三月初八都有二仙庙会，盛况空前。

当地传说，在很早以前，北关有母女三人，母亲老实厚道，姐妹美丽善良。冬天母亲不幸患了重病，多方医治无效，水米难进。一日母亲忽然提出想喝口鲜党参汤，这可难坏了姐妹俩。为了满足母亲的心愿，她俩决定顶风冒雪上太行山为母亲寻找鲜党参。走啊走啊，不知走了几天几夜，鞋磨破了，手脚冻肿了，干粮吃光了，还是没找到。姐妹俩在冻饿中想到了垂危的老母，禁不住抱头痛哭。这时忽见迎面数十丈高的悬崖上闪出道道金光，金光中罩着一株鲜嫩的党参。她俩喜出望外，赶快攀上悬崖，正待伸手拔参时，脚下一滑，掉下悬崖。她俩的贤惠、善良和孝道感动了玉皇大帝，便派小神将她俩接上天庭，并治好了她们老母的病。人们为了弘扬人间孝敬父母的美德，纪念诚孝成仙的姐妹俩，便在县城北关修了一座二仙庙，农历三月初八落成这天，远近几十里的乡民纷纷来庙烧香，庙会也因此而兴，规模年胜一年。

　　二仙的传说在《潞安府志》中有文字记载，清乾隆版《潞安府志》记载略加详细，并与前代稍有不同："乐氏二仙女，屯留人，其先世陵川商微子之后，父山宝，母杨氏，感仙光而娠，诞有奇德。继母吕氏御二女甚酷，单衣跣足，冬使采茹。二女性至孝，泣血浸土，化为苦苣，其叶有赤斑若血痕，然得一筐以归奉母。母益怒，移家于壶关紫团山，又令拾麦于外。无所得，畏母捶楚，仰天号诉。倏黄龙下降，少者先升；须臾，黄龙又降，长亦升。胥易金缕绛衣、凤冠乡履，仙乐响空，天香馥路。土人立庙祀之。宋崇宁间，显灵边戍，赐谥冲惠、冲淑真人。"

黄飞虎与三目僧的传说

襄垣县城南七公里处的西里村，有座古刹叫凉楼寺，是襄垣古八景之一。每年农历三月二十八，是凉楼寺一年一度的祝寿会。此会素以"暮春神会冠五省，妇姑童叟进香灵"而闻名于晋、冀、鲁、豫、陕广大地区，是襄垣历史悠久、规模最大的古庙会之一。

传说东岳泰山天齐仁圣大帝黄飞虎手下的护法将军三目僧，因与姜太公斗法失败，被黄飞虎发配到古韩而投胎人间。三目僧为了报答黄飞虎的不杀之恩，便为黄飞虎三月二十八的生辰修建了一座规模宏大的祝寿圣殿，其中凉楼最为壮观。夏季来临，此楼内却凉爽如秋，故称"凉楼"，由此而有方圆百里的凉楼大会。

关于三目僧身世有这样一个传说。凉楼的附近有个村子叫作北里信，北里信村东南有处水潭，叫鹿哭泉。相传在很早时，本村一尹姓人家，生了一个儿子，家人发现婴儿左臂上还长有一只眼睛，疑之为怪胎。孩子的父母忍痛割爱，将他抛弃在了百谷山的荒野中。没想到，孩子被一母鹿救起，衔回洞内哺乳数月。后来，有一个老和尚进山采药，听到了山洞里有小孩的哭声，循着声音进了山洞，竟发现真有一个孩子，于是就把小孩带回了寺院中扶养。母鹿采野果回到洞中不见婴孩，满山寻之不见，当场泪如泉涌，从地下涌出一股清泉。人称"鹿哭泉"。据说喝了此泉可使无奶的产妇乳汁如注，所以常来这里求奶的人很多。三目子四岁那年，经百法和尚点化，左臂上的那只眼睛睁开了，便到建封寺修炼，十岁开始游方，人称"三目僧"。

之前提到三目僧与姜太公斗法失败，被黄飞虎发配到人间投胎。他为报答黄飞虎的再造之恩，送给黄飞虎一封厚礼，在神仙界中开了一个行贿受贿的先例。大概从那个时候起，腐败之风便屡禁不绝。因姜太公在封神的时候，封黄飞虎为五岳之首，仍加敕一道，执掌幽冥地府一十八重地狱，所以民间就有了"生前赶了凉楼会，死后不受阎王罪"的民谣。

传说终归是传说，据考证，凉楼祝寿会始于宋元年间。该寺现存残碑记载：在元代，身为当朝太师、官拜河南王的察哈那延久慕凉楼寺胜观盛名，专程到襄垣凉楼寺进香，并捐款维修了凉楼寺东厢房十三间。由此可见，寺院兴建早于元代。寺院建成之时，即为开光庆典之日，庙会由此而起。现今古庙会已变成了物资交流大会，每年会期赶会人次逾十万之众。

这一传说主要流传于山西长治地区，文献记载可见明代《潞州志·襄垣·玄释志》。

(元小雨)

八仙与凤凰城的传说

山西大同一直有"凤凰城"的美誉,关于这个名字,还有一个美丽的传说千百年来在大同一带广为流传。

相传玉皇大帝的天宫里,有一只负责守卫的金凤凰,整日待在天宫里,寂寞而无聊,一天它随玉皇大帝去赴设于瑶池的仙宴,席间各路神仙谈笑风生,纷纷说起人间的美景和趣事。金凤凰听得心痒难耐,暗自思忖:"与其整日待在这冰冷的天宫里,何不冒险逃到人间游上一游?"打定主意后,它便去和张果老悄悄讨论这事。张果老说:"你若愿意去人间,我定当鼎力相助,大同是个好地方,民风淳朴,风景秀美,遍地梧桐,况且我在恒山炼丹修身,有什么事也好相互照应,你就去那里吧。"商定之后,金凤凰暗自窃喜,回到了自己的岗位上。瑶池宴会之后的某一天,金凤凰趁着无人注意的时候,变作一只小飞虫的模样,飞快地逃离了凌霄宝殿。一出天宫的门,它便恣意飞翔,直奔大同方向。果然如张果老所说,大同是个人杰地灵的风水宝地,金凤凰每日游玩享乐，乐不思蜀，根本无心回天庭。

话说天上一天，地上一年，金凤凰在人间作乐多日，但在天庭里却也是一天的工夫。没多久，玉帝就发现了金凤凰走失了，急忙派二郎神杨戬去下界捉拿。二郎神领了天帝之命，下界到大同城找到正在游玩的金凤凰，喝令它跟自己回天庭，而金凤凰早已厌倦了天庭的沉闷无聊，哪肯轻易就范。双方争执起来，一怒之下二郎神搭弓放箭射向金凤凰。金凤凰的一只翅膀受伤仓皇逃到了浑源恒山。张果老看它伤势过重，给它服了止痛的丹药。张果老感念金凤凰对这片土地的挚爱，便托梦给明皇帝朱元璋，示意他把大同城建造成一个受伤的单翅凤凰形状，以此来纪念金凤凰因大同而受伤。皇帝认为这是天意，照做了。

因此大同城的布局便呈凤凰的形状，有南关、东关、北关，唯独没有西关。神似一只受伤的凤凰。南关为凤凰的头部，主城为凤凰的身体，北关是凤凰的尾巴，东关是凤凰的一只翅膀，城内建筑井然有序，牌坊林立，这种独特的城市布局，在我国实属罕见。关于金凤凰的传说，也就此流传了下来。如今，曾经雕梁画栋的辉煌古城早已因为时间和战火而不复存在，今人也只能看着依稀古迹遥想当年的繁华胜景。在大同西北部的大十字街的十八号院里曾有一座大石盘，据说就是金凤降落的地方，因此得名"落凤台"。每逢阴历初二的夜晚，站在落凤台上可以看到刚刚升起的细细月牙，而在其他的地方都看不到。因此这"凤台晓月"也被看作大同城的八大奇景之一。

（麻洁敏）

吕洞宾的传说

吕洞宾，名岩，字洞宾，道号纯阳子，蒲州河中府人，即现今的山西省运城市芮城永乐镇人，为道教祖师。世称"吕祖""纯阳祖师"。

吕洞宾本名绍先，唐太宗贞观二十年（646年）四月十四巳时，出生于河中府永乐县（今山西芮城）。自幼好读，广习百家，但三举进士不第。武则天天授二年（691年），年已四十六岁的吕绍先又去长安应考，在酒肆中遇见上天仙使钟离权。钟离权让他做了一个建功树名、出将入相、封妻荫子的美梦。黄粱一梦醒后方知功名利禄均为梦幻，于是大彻大悟，拜钟离权为师，赴终南山中修道，改名岩，字洞宾。其后遍游山水，传道度人，五十三岁归宗庐山，六十四岁上朝元始、玉皇，赐号纯阳子。

一说认为吕洞宾曾在唐宝历元年（825年）中了进士，当过地方官吏。后来，他因厌倦兵起民变的混乱时世，抛弃人间功名富贵，和妻子一起来到中条山上的九峰山修行。他和妻子各居一洞,相对可望,遂改名为吕洞宾。"吕",指他们夫妇两口,两口为吕;"洞",是居住的山洞;"宾",即告诉人们自己是山洞里的宾客。在修炼过程中,巧遇仙人钟离权,拜之为师。修仙成功之后,下山云游四方,为百姓解除疾病,从不要任何报酬。

吕洞宾一生乐善好施,扶危济困,深得百姓敬仰。他飞升后,家乡百姓为他修建了"吕公祠",以示纪念。到了金代,因吕洞宾信奉道教,于是将"祠"改成了"观"。元朝初年,忽必烈知道吕洞宾信奉的道教在群众中颇为流传,就想利用宗教和吕洞宾的声望巩固自己的统治,于是派国师丘处机管领道教,拆毁"吕公观",修建了"永乐宫"。从修建大殿到绘完几座殿堂的壁画,历时一百多年,几乎与整个元朝共始终。保存于山西省运城市芮城县,宫内的壁画十分精美,被称为东方壁画艺术宝库。

唐宋以来,他与铁拐李、汉钟离、蓝采和、张果老、何仙姑、韩湘子、曹国舅并称"八洞神仙"。民间流传有吕洞宾三醉岳阳楼度铁拐李岳、三戏白牡丹等故事。在汉族民间信仰中,他是最著名、民间传说最多的一位。

吕洞宾的故事在全国各地都有流传,在山西主要流传于运城市芮城县一带。

(崔楠)

二郎神担山的传说

很久以前,天上有十二个太阳,他们恃宠而骄,每天同时出现在天空上炙烤着大地苍生,庄稼都被晒死了,农民颗粒无收,巨大的热量烤干了河水和井水,人们没有水喝,整个世界怨声载道,民不聊生,天帝看到众生的悲惨生活,便召集群臣众仙开会说:"如今天上有十二个太阳,我想让你们下界去解决这个问题,你们看谁合适?"众神都觉得二郎神杨戬对人间比较熟悉,都推荐他去,二郎神便答应了下来,承担了这份重任。玉帝赏赐了他一个赶山鞭,还有一条挑山的扁担。二郎神准备用这条扁担担起两座山,把可恶的太阳们压在大山底下,让它们不能再危害人间。

说干就干,二郎神挥动赶山鞭,对准一座大山就是一鞭子,把山抽得离开了大地,同样的方法又抽起了另一座山,二郎神便用挑山的扁担挑起了这两座山,开始了追赶太阳的旅程。一路上非常艰苦,忍受着太阳的温度和刺眼的光线,汗流浃背,但是二郎神没有叫苦和退缩,一连追赶了七七四十九天,把太阳们追得四处逃窜，乱作一团，终于把其中十一个太阳压在了大山下。正当他要乘胜去追赶最后一个太阳时，突然发现自己手中的扁担失去了法力，而此时的他也已经筋疲力尽，没法再继续下去，于是他便回到天庭复命，对天帝说："我没有完成任务，还剩下一个太阳没有消灭，还弄坏了扁担，请降罪。"谁知天帝呵呵一笑，说道："留下那个太阳是我的旨意，我要让它白天出现在天上照耀大地，晚上把它锁在天牢里，这样它便可以造福人间了，扁担的法力也是我施法收回的。你不仅没罪，还有功，我要重重地赏赐你。"二郎神听了这话，才如释重负放下心来。

在山西省长治市黎城县，有一座板山，山上有一个黄崖洞，传说二郎神赶山途中经过这里，看到当地百姓因为缺水过着困苦的生活，便起了怜悯之心。他拿出自己随身带着的半葫芦神水，大声呼喝："接水来！接水来！"怎料这时正是拂晓时分，百姓们都沉浸在睡梦中，无人出来领水。性格急躁而暴烈的二郎神生了气，觉得人们不知好歹，于是将葫芦踢倒，扔下葫芦继续担山追赶太阳去了。可是装着神水的葫芦被扔到了地上，一滴滴的清水从葫芦里流出来，水流越汇越大，终于形成了一股清泉，被当地人称作"圣人泉"。

自此，黎城县人便有了祭拜玉皇大帝和二郎神的传统。每年的农历六月二十四，由官府组织祭拜，还要在二郎庙前搭台唱戏，以示怀念。

这一传说主要流传于山西省长治市黎城县一带。（麻洁敏）

水仙童子的传说

在山西省长治潞城市的北村,流传着一个关于水仙童子的动人传说。很久很久以前,这片土地到处都是沼泽和污泥,人们生活在四周的荒山野岭中,有地不能耕,有水不能喝,日子过得万分辛苦。沼泽中有一个水怪,自称是当地的龙王,为非作歹兴风作浪,常常发水灾祸害百姓,百姓们苦不堪言。更为过分的是,这个"龙王"说百姓们要想水灾不发,就必须在每年的阴历二月二送给他一对童男童女,才肯保证浊水不泛滥,让老百姓获得暂时的安宁。百姓们对这一无理要求怨声载道,但是如若不从的话,本来就不好过的日子就会更加艰难,于是每年百姓都得把自己的亲骨肉去献给"龙王",忍受着骨肉分离的痛苦。

话说这一年的二月二又要到了,老百姓们又要张罗着挑选童男童女去祭献水怪。这是一个艰难的抉择。乡亲们正在犯愁的时候,村里来了一个外乡人,他是一个相貌英俊的少年,名叫广武。他来到村里乞讨,听闻了这件事,就自告奋勇说自己可以做今年的童男。村民们自是求之不得,忙把广武请到家中作为座上宾,好吃好喝招待,给他换上了新衣服,就等着二月二献给"龙王"。

其实这广武是玉帝派到人间的水仙童子,玉帝曾派龙女六姑带上虾兵蟹将去降服这个水怪,可是六姑一去不复回,这才派了水仙童子广武下界来寻找。

到了二月二那天,人们把广武送给了水怪,广武潜入了浊水的水底才发现,可恶的水怪正逼着六姑和自己成亲,六姑抵死不从。广武见状大怒,使出浑身法力,与水怪开始了一场激战,好几十个回合之后,终于打败了水怪,不仅救出了六姑,还拯救了一方百姓。为了报答救命之恩,六姑愿意给英俊勇敢的广武做妻子。广武也觉得六姑美貌善良,俩人私下里结成了夫妻。夫妻二人举案齐眉万般恩爱,带领当地百姓治理浊水,使得当地水草茂盛,成了一片沃土,大大改善了老百姓的生活。

再说玉帝,派下了水仙童子,却迟迟不见他带六姑回天庭复命,便派二郎神下界寻找。二郎神到了人间却发现二人早已结成连理过起了凡间的日子,便回去把此事禀告了玉帝。玉帝说:"既然如此,那就随他们去吧。把他们贬为凡人,永世不得升仙再回天宫。"后来人们就把北村周围的地方叫成了"五村圪倒",而当初二郎神摇鼓宣旨的地方叫作"八台鼓耳山"。人们为了纪念广武和六姑的功绩,在北村为六姑盖了龙化庵,在南村为广武修了广武庙。

这一传说流传于山西省长治潞城市一带。　　(麻洁敏)

彭祖长寿的传说

在山西省长治市黎城县有一个小村庄，因为传说中为彭祖所居，故名为彭庄村，村里至今还有一座彭祖庙为村民供奉，村口还有一块石碑记载着这个传说。

彭祖是我国历史上最有名的长寿之人，世称"寿仙"，是五帝之一颛顼的玄孙，他活了八百多岁，娶了四十九个妻子，生了五十个儿子，妻儿都一一老去死去，可是彭祖一直都很年轻，外表看起来一点都不显得老。据说彭祖长寿的秘诀是因为他和陈抟在天庭当差时，一个负责管理生死簿，另一个负责功德簿。一天陈抟感到乏困，便昏然睡去，彭祖借此机会想到下界游玩一番，正要走的时候转念一想，生死簿上的名字不除，我下去不久就会被召回的。他灵机一动，把生死簿上写着他名字的那一张撕了下来，做成了纸捻子钉在了生死簿上，从此生死簿上找不到他的名字，他就可高枕无忧下界游历，也就有了我们开始说的娶妻生子的事。

彭祖的名字既然已从生死簿上除去，为什么最后还是死去了呢?这里有另外一个故事传说。

彭祖高寿,无数人前来向他请教长寿秘诀,但低调的他却总是笑而不语,只字不提,在他八百多岁的时候,他的第四十九任妻子有一天和他聊天,向他撒娇说:"你看你能一直保持这么年轻,而我却会逐渐老去死去,你为什么不把你长寿的秘诀告诉我,咱二人也好长相厮守呢?"面对娇妻的哀求,彭祖一高兴,便向妻子吐露了这个深藏多年的秘密。再说阎王爷,早就注意到彭祖这个人的存在,但是无奈生死簿上找不到他的名字,一直很困惑,于是派两个小鬼去人间找到彭祖并把他收回来。可是彭祖活得太久,两个小鬼谁也没见过他长什么样子,只好漫无目的地去寻找。正一筹莫展的时候,一日,两个小鬼在河里洗炭,一边洗还一边念念有词:"洗黑炭,洗黑炭,洗白黑炭去卖钱。"此时,彭祖的妻子刚好在河边洗衣服,看到这两个奇怪的"人","扑哧"一下笑了出来:"我家相公活了八百多岁,还从没见过洗炭的人呢!"小鬼一听精神大振,假装不信世上有如此长寿之人。彭祖妻子为了证明自己所言非虚,就把丈夫的名字从生死簿上撕去的秘密讲了出去。就这样,小鬼找到了彭祖,把他收了回去,彭祖是被自己嘴不严的妻子给"害"了。

传说故事总是那么动人、充满魅力,因此才能广为流传,彭祖因其长寿成为后世养生的典范。

这一故事主要流传于山西省长治市黎城县一带。

(麻洁敏)

董永与天仙女的传说

传说中董永出生于运城市万荣县皇甫乡小淮村，小淮村有董永祠，建于明代万历年间。而他与天仙女指槐为媒、土地神作证、结为夫妻的故事则发生在距离小淮村大约五公里的盐湖区上郭乡郭家岔村。当地流传着关于董永和仙女的浪漫故事。

董永从小失去母亲，和父亲相依为命。父亲去世后，他没钱办丧事，便向人借了一万钱。董永对债主说："日后无钱还债，甘做您的奴仆！"董永在家守完三年丧，就去债主那里做奴仆。路上董永遇到一位女子对他说："我愿意做你的妻子，不嫌弃你贫贱。"

于是董永带她到债主家。债主对董永说："那一万钱就送给你吧！"董永十分感激债主的恩情，回答说："蒙您的恩德，先父得以安葬。我虽是贫贱之人，但一定要尽心尽力，予以报答。"债主问："与你一起来的女子是谁？"董永答："是我妻子。"债主又问："你妻子能干什么？"董永答："她会织布。"债主说："你一定要报答我的话,就让你妻子为我织一百匹缣。"只用了短短十天,董永的妻子就织完了一百匹缣(即细绢),债主非常吃惊。

夫妻二人回家路上,走到第一次相见的地方,那位女子向董永辞别说:"我是天上的织女,看到你如此孝敬父母,天帝命我下凡来帮你偿还债务。你已还了债,我便不适宜久住人间。"

说完便凌空飞走了。董永泪流满面,感激不已。

《万荣县志》中有一篇关于董永的记载,说在董永家附近的田家窑村有个庄户人家姓田,田家有位姑娘叫田仙,田仙自幼聪明伶俐,勤劳善良,人不仅长得美丽动人,而且做得一手好活计,她织的布光滑、平整、细密、柔软,常常被选为朝廷贡物。人们都说她是天女下凡。后田仙被董永的孝心所感动,对董永心生爱慕,嫁给了董永。后来,因为"田"和"天"的同音,在演变过程中,田仙便成了天仙,董永的故事便带上了神话的色彩。

董永传说在两千多年的传承中发生着变异,但是一直和当地的民间信仰、风貌景物密切相关。山西省万荣县董永传说为世人展现了一个极具地方特色的传说故事,为后人研究其发展演变和当地婚俗提供了丰富的材料。

董永的故事在山西主要流传于运城一带,有关文献见于《孝子传》《万荣县志》。

(崔楠)

王质烂柯的传说

晋朝有一个叫王质的樵夫，有一天上山去打柴，看到两个童子在大石头上下棋，王质素日里就比较精于棋道，一时兴起便上前观看，两个童子边下棋边吃核桃大小的鲜果，也顺手给了他一个像枣核一样的东西。王质吃了后顿觉精神大振，竟然感觉不到困，专心看起童子下棋来。棋局非常紧张，双方厮杀得难舍难分。不知不觉过了很久，棋局终了，童子收好棋子，提醒王质："天不早了，你该回家了吧。"他才如大梦初醒一般准备收拾东西起身下山，却赫然发现观棋前放在手边的斧头的斧柄已经全部腐烂，原本磨得无比锋利的斧头也已经锈迹斑斑不成样子。等到他下山回到村庄，发现家乡已经大变样，而村里的人自己已全部不认识。向老者们打听家人，他们却说不清楚不认识，听说几百年前有过这么个人。王质看了一场棋局，竟然是过了几百个春秋。原来是王质上山观棋，误入了仙境，逗留一天，相当于人间百年。后世常用"烂柯"这个典故来形容物是人非，恍若隔世之感，也产生了很多精彩绝伦的诗句。最著名的是唐朝刘禹锡"怀旧空吟闻笛赋，到乡翻似烂柯人"一句，感人至深，广为传颂。

在山西，有一座烂柯山，位于长治市武乡县和沁县的交界处，距武乡县城33公里，主峰海拔1174米。这座山正是得名于"王质烂柯"这个美丽的传说。清朝时潞安推官王致中曾游览长治烂柯山，写下《烂柯山》一诗：

> 从古皋狼说烂柯，烂柯遗迹劫尘多。
> 长生争是天生妙，性地人人有密罗。

从王致中的诗中可知，武乡与沁县交界处的烂柯山由来已久，"从古皋狼说烂柯"，皋狼是武乡县在西周时的地名，属晋国。从这句诗可知，烂柯山的故事在西周时或许就已经流传，只是到了南北朝时才被任昉写入《述异记》中也未可知。"烂柯遗迹劫尘多"，烂柯山的仙翁庙不知建于何时，除此之外，烂柯山上还有石棋盘、闪神崖、锣鼓洞、马蹄踪、石蘑菇等多处遗址和景观供人观赏。

王质烂柯的故事流传于山西省长治市武乡、沁县一带，有关文献见于南北朝任昉《述异记》。

（麻洁敏）

耿仙斩蛇定南山的传说

山西长治武乡上司乡有座南神山,但是,南神山原来并不是叫南神山,而是叫南山。

相传,在很久以前,南山里有一条大蛇,它身形巨大,吞食各种动物,没有人知道这条大蛇到底在南山待了多久了。大蛇不仅捕食各种牲畜,也常常将进山游玩或采药的百姓一口吞下,害得方圆百里的人都不敢从南山路过了。终于有一天,一个叫耿根成的货郎,挑着担上到了南山顶上。耿根成虽然只是一个货郎,但是他头脑灵活、手脚敏捷。平日里挑着担到各个村子里卖货,他为人厚道豁达,有一套自己的做买卖的方法,深得村民们的喜欢,他的货总是有人买。耿根成不但经商有方,而且受过高人指点,通晓阴阳、五行。勤奋专研,日积月累,他练就了一身除妖镇邪的本领。他见这里山环水绕,草茂林密,鸟语花香,便放下担子仔细地端详起这块宝地来。正看得出神的时候,忽然刮起一股阴风来,顿时地动山摇,风在山中的回响竟变成了一声声吓人的怒吼，所有树木，包括参天大树甚至矮矮的灌木丛都在摇晃，树叶发出哗哗哗的巨响，听起来特别瘆人。说时迟那时快，就在阴风扫荡南山的时候，从密林中窜出一条大蛇来，看不清它究竟有多长，也量不出它到底有多粗。只见，它张着血盆大口就向耿根成扑去。耿根成生性谨慎，即便是出门卖货也是随身佩戴着长剑。看到巨大的怪蛇吐着信子向自己扑来，耿根成快速抽出长剑，一个翻身，跳到了大蛇的身侧。瞅准了大蛇的头部位置，耿根成腾空一跃，将长剑直直地插在了蛇头处，只听得"哗啦"一声巨响，万道金光齐发。接着"刺溜"一声，大蛇被开了膛，鲜血喷出两丈多远，摔在地上死了。

此后，耿根成就不再经商了，而是住进了南山，终日不出，潜心修道。同时，因为斩了蛇精，为民除了一大害，百姓们觉得耿根成道法高深，于是虽然见他隐居在了南山，但还是经常请他去除灾镇邪。耿根成也有求必应，人到祸除。后来，耿根成在南山归天，这里的百姓为感激他一生善救众生的恩情，就凑钱为他修了一座庙院，叫南山寺，并为他在寺里塑了金身，称为南山爷。慢慢地，南山便加了一个"神"字，叫作"南神山"了。

这一故事主要流传于山西长治一带。

（元小雨）

运城盐池的故事传说

运城盐池，位于山西省运城市南，距离关公故里解州只有一公里，南临中条山麓，总面积达一百三十平方公里，以盛产盐、芒硝、硫化碱和纯碱著称，与甘肃盐池县的花马池齐名，是我国重要的池盐产区。人们对盐池的开发已经有悠久的历史，有人说，黄帝与蚩尤之战，矛盾的引发点就是为了争夺盐池之利。上古歌谣《南风歌》就跟这里有关。据说远在舜帝时代，虞舜迎着拂面而来的南风到盐池巡视，看到人们在夏日里捞取池中天然结晶的盐，认为盐池给臣民提供了财源，不禁抚五弦琴吟唱了一首歌："南风之熏兮，可以解吾民之愠兮；南风之时兮，可以阜吾民之财兮。"这就是《南风歌》的由来。让这里闻名遐迩的还有一些神话传说。

神牛造盐池的传说

这是流传于民间的一个非常美丽的传说故事。相传在很早以前,盐非常稀缺,无论是在天上还是在人间,它都非常金贵。天宫里有一头神牛,因为偷吃了玉皇大帝的盐,惹得玉皇大帝非常生气,所以就把神牛贬到人间来受苦受难。神牛来到人间,想寻找一个地方落脚,为人类造一个盐池,它先后去过中原大地、江南水乡、塞外草原等地方,但是那些地方的农人、渔夫、牧民都不愿意让它造一个盐池,因为这样会占据他们的农田、湖泊和牧场。后来,神牛来到了位于黄河之滨的中条山下,这里的山民对它十分欢迎,愿意让它落脚。于是,神牛就卧在中条山下,它的身躯化成了一汪盐湖。

蚩尤血化为盐池的传说

蚩尤被黄帝杀死,其血化为卤水的传说由来已久。

蚩尤是我国古代传说中一个住在南方的部族首领,是炎帝的后裔。传说他长着人的身子牛的蹄子,有四只眼睛六只手,耳朵像剑戟一般尖利,头上还长有角。还有人说他长着八只手八条腿,以沙子、石头、铁块为食物。相传他有七十二个或者八十一兄弟,一个个都生得凶猛异常,长着铜头铁额,野兽般的身子却说着人话。因为蚩尤的本领很大,所以他并不安于居住在南方一隅,就跑到中原来和黄帝争夺天下。黄帝与他战斗九战九败,后来,亏得上帝遣玄女下凡来传授了他兵法,黄帝最终才打败了蚩尤。蚩尤被黄帝杀死后,身首异处,他的血流入盐池,化为了卤水,供世人食用。盐池的南边有座蚩尤城，就是他葬身的地方。蚩尤城即蚩尤村，俗称蚩牛村或池牛村，现在改名为从善村，有改邪归正、弃恶从善的意思。相传蚩尤死去数千年后又复活了，到了宋朝大中祥符年间①化为了一个青面獠牙的怪物危害百姓，人们祷告伏魔大帝关公神灵，让关公伏魔降妖。关公果然带领了天兵天将来征伐蚩尤，他们就在半空中厮杀起来。蚩尤艺高胆大，变化多端，手下有很多妖魔鬼怪；关公兵少将寡，竟然打不过他，眼看着就要败了。这个时候关公看到田野上有很多农民在午休，就作了一道法，借了这些农民的魂充作军卒，说准了午时三刻归还魂灵。这样一来，蚩尤就抵挡不住了，于是他也作了一道法，把他的妖兵鬼将变成了关公兵将的模样鱼目混珠浑水摸鱼。不料关公识破了蚩尤的阴谋诡计，立刻吩咐自己的兵将人人都采一枝皂角叶佩戴在身上作为符号。蚩尤看见了，也命令他的妖兵鬼将采叶子佩戴，结果他们采成了槐树叶子，太阳一晒就干枯了，而关公的兵将戴的叶子却新绿如故。关公带着兵马只杀戴槐树叶子的兵，蚩尤就这样被打败，最终被关公杀死，血又流入了盐池里。战败蚩尤后，关公马上吩咐将借来参战的农夫的魂灵送返下界去复生。哪里知道，由于刚才战斗的激烈，早就过了当初约好的时间午时三刻，农夫们的身体都因为天气炎热腐烂了，再也没有办法复生，只好把他们的尸体都埋了，坟址就是现在的原王庄，谐

---

① 公元1008年至1012年。

音为"冤枉庄"。关帝因为祖籍解州,又有解救盐池危难的功绩,在盐池周边受到特别的崇敬,所有的盐号都敬奉他。而在盐池附近的蚩尤村和原王庄却有个奇异的风俗:从来不敬关公,从来不上演关公戏。

盐业祖神崇拜传说

在漫长的盐业开采历史中,由于古代的生产力水平低下,科学知识贫乏,人们无法理解诸种神秘莫测的自然现象,无力对付来自外界的种种打击,所以只好求助于保护神,这样就形成了盐业祖神崇拜。运城盐池区供奉的神有宿沙氏、池神、条山风洞之神及蚩尤等。运城盐池中禁门内的土垣上建有一座池神庙,奉祀的神为"宝应灵庆公"。据说盐池最早的神为鹽宗。据文献记载,唐代宗大历十二年(777年),因为阴雨绵绵,盐池生产受到影响,户部侍郎韩滉怕减少盐税收入,就伪奏盐池多雨季节仍盛产"红盐",呈祥瑞之兆。代宗派人查看后大喜,赐东西二池为"宝应灵庆池",封池神为"宝应灵庆公",并大兴土木,建立了池神庙。到宋徽宗时,封东池之神为"资宝公",西池之神为"惠康公"。元成宗时又晋封为王。明代以后统称为盐池之神。运城盐池还供奉关羽、张飞,认为他们可以镇邪除魔,关羽可震慑盐池孽神蚩尤,而张飞是专门对付蚩尤之妻的神。池神庙是盐民祭祀的中心,也是运城重要的人文景观。

有关盐池的传说主要流传于山西晋南一带。中国古籍中有关蚩尤的文献很多，如任昉《述异记》记载蚩尤"人身牛蹄，四目六手"，"蚩尤耳宾如剑戟，头有角"，"蚩尤兄弟七十二人"；《绎史》卷五引《归藏》"蚩尤八肱八趾"；《龙鱼河图》"（蚩尤）食铁石"；《太平御览》卷七九引《龙鱼河图》"蚩尤兄弟八十一人，并兽身人语，铜头铁额"；《太平御览》卷十五引《黄帝元（玄）女战法》"黄帝与蚩尤九战九不胜。黄帝归于太山，三日三夜雾冥，有一妇人人首鸟形；黄帝稽首再拜伏不敢起。妇人曰：吾元（玄）女也，子欲何为？黄帝曰：小子欲万战万胜，遂得战法焉"；《孔子三朝记》"黄帝杀之（蚩尤）于中冀，蚩尤肢体身首异处，而且血化为卤，则解之盐池也。因其尸解，故名其地为解"；沈括《梦溪笔谈》"解州盐泽方百二十里……卤色正赤，在阪泉之下，俚俗谓之蚩尤血"；《河东盐法备览》卷一盐池门"轩辕氏诛蚩尤于涿鹿之野，血入池化卤，使万世之人食其血焉。今池南有蚩尤城，相传是其葬处"。这些文献记载尽管不尽相同，但有一点却是相似的，即蚩尤和运城盐池确实有着某种联系。

（薛圆媛）

金牛碾金子的传说

最早的金牛拉金磨的传说是在长治县荫城镇牛神山。相传，宋时有一位高僧，法号乐安，受佛祖释迦牟尼的点化，借《牧牛图》隐居雄山，一边放牛一边参禅。多年潜心修行后，终于悟出大道，修成正果。高僧牧养的大黄牛也跟随他脱胎换骨，修成了金身。高僧涅槃之后，金牛便归隐雄山深处去拉金磨。得到神牛护佑的荫城，日进斗金，称富海内。当时有一种说法："金牛拉一拉，荫城发一发。金磨一转开，财源四方来"。但好景不长，一个南方人发现了金牛的秘密，利欲熏心的他打起了坏主意。一个月黑风高的夜晚，南方人进山想盗走金牛。结果费了九牛二虎之力，才把牛拽到了牛神山。金牛来到这里，就好像生了根一样，任凭南方人左拉右拽，费尽力气，金牛就是不动。眼看着天就要亮了，南方人心急如焚，于是握紧牛角拼命拖拉，没想到却掰断了一只牛角，疼得金牛一声怒吼，唤醒了众乡亲。南方人一瞧大事不妙，捡了牛角，落荒而逃。跑到八义镇时，牛角落地不见，化作牛角山。未被牵走的牛身在同一时刻没入土中,化作牛身山,后更名为牛神山。为防止南方人再盗宝物,乡民在金牛化没之地建起牛神庙,以镇风水。

金牛碾金子的传说在长子县也有流传。长子常张乡西庄北有座石摞岭。岭上到处是一摞一摞的石头,有的十层,有的八层,像一座座小石塔,姿态各异。相传这座岭原名金铃岭,岭上有许多铃铛似的空心石头,风吹石头滚动,发出金铃般的响声。岭上有个金铃洞,洞里有一头大金牛日夜不停地拉着一盘金碾子,把洞内的金子碾成铃铛一样大小。每当夜深人静,洞门大开,金光四射,大金牛将那些碾过了的金子撒在山坡上。说来也怪,这些金子,老百姓拾了,可以换盐买面,而地主老财拾了,却变成了石头。于是,就有一个老财想独霸金洞,他趁夜藏到金洞门口,等金牛一露头,他伸手便拽。金牛一惊,返回洞内紧闭洞门,老财便在洞门口垒了一摞石头做记号,等第二天再来刨金洞。但等到第二天,他到山上一看,只见满山都是石摞,再也找不到那个金洞了。从此,老百姓再也见不到金牛出来撒金子了,金铃岭于是也改名为石摞岭。

这个故事主要流传于山西长治一带。

(元小雨)

后 记

　　山西特别是晋南一带钟灵毓秀、人杰地灵，是中华民族文化的发祥地之一。从伏羲女娲、炎帝、黄帝、尧、舜、禹，到嫘祖、后稷、皋陶、羲和这些神话传说中的神祇、英雄，抑或真实存在过的历史人物，他们活动的足迹深深地留在了这块土地上，他们的英名也深深地镌刻在后代子孙的心中。他们在同大自然和社会斗争中形成的一个个优美动人的传说和故事，滋养着一代又一代炎黄后裔，积淀为我们民族深厚的文化基因，成为中华民族乃至整个人类文化宝库中不可多得的瑰宝。

　　当我们在组织山西师范大学民俗学、比较文学与世界文学硕士点的师生们进行山西神话传说系列研究的时候，深深感到仅仅把目光聚焦在伏羲女娲、炎帝、黄帝、尧、舜、禹，以及牛郎织女、关公、杨家将故事上，是远远不够的。因为在山西从南到北，从太行山脉到吕梁山脉，还流传着大量丰富精彩的神话故事和民间传说，搜集整理并在此基础上进一步研究这些神话传说是我们义不容辞的责任。这就是我们搜集整理出版这本《山西神话传说集萃》的初衷。这里选出的几十篇故事传说，只是流行传播在山西各地神话传说故事中的一部分，在搜集整理和撰写这些神话传说的过程中，各位撰写者广泛吸收、借鉴了山西师范大学"黄河民俗文化研究所"原所长段友文、毛巧晖教授，青年教师高忠严、刘同彪、石国伟博士多年来带领研究生所做的大量民俗和民间文学田野调查和学术研究的成果，同时也吸收、参考和借鉴了各地政府官宣网站、地方方志，以及国内神话研究学者的有关研究成果，如袁珂先生的《中国神话传说》和《中国神话传说词典》、刘琦等人的《中国民间故事集成·山西卷》、段友文的《中国民俗·旅游丛书（山西卷）——汾河两岸的民俗与旅游》、邵玉义的《临汾方志丛书·临汾民间故事》、史耀清的《魅力长治文化丛书》等。在此我们要对这些同仁和学者表示最深挚的感谢。需要说明的是，中国神话体系繁复博杂，有许多神话传说故事在全国各地都有流传，我们主要收集、整理、撰写的只是在山西域内流传的一些神话传说故事。由于撰写者水平和能力所限，难免出现这样那样的疏漏和谬误，敬请各位学者、同仁批评指正。

编者

2019 年 7 月